Workbook/Laboratory Manual

¡Continuemos!

Workbook/Laboratory Manual

¡Continuemos!

SEVENTH EDITION

Ana C. Jarvis
Chandler-Gilbert Community College

Steven Budge
Mesa Community College

Houghton Mifflin Company   **Boston**   **New York**

Publisher: Rolando Hernández
Sponsoring Editor: Amy Baron
Development Editor: Rafael Burgos-Mirabal
Editorial Assistant: Erin Kern
Project Editor: Harriet C. Dishman
Manufacturing Manager: Florence Cadran
Senior Marketing Manager: Tina Crowley Desprez

Illustrations by Len Shalansky

Printed in the U.S.A.

ISBN: 0-618-22071-2

123456789-   -06 05 04 03 02

Contents

Lección 9

Lección 10

Answer Key

Preface

The *Workbook/Laboratory Manual* is a fully integrated component of *¡Continuemos!*, Seventh Edition, a complete intermediate Spanish program for the college level. As in previous editions, the *Workbook/Laboratory Manual* reinforces the material presented in the *¡Continuemos!* core text and helps students to develop their listening, speaking, reading, and writing skills.

The ten lessons in the *Workbook/Laboratory Manual* are directly correlated to the student text. Each lesson begins with **Actividades para escribir** and is followed by **Actividades para el laboratorio**. To use this key component of the *¡Continuemos!* program to its best advantage, it is important that students fully understand its organization and contents.

New to the Seventh Edition

Substantially revised for the Seventh edition of *¡Continuemos!*, the *Workbook/Laboratory Manual*

- reflects the revised scope and sequence of the core text.
- replaces verb conjugation charts with a variety of contextualized exercises.
- features a new art-based activity and a cultural exercise tied to the **El mundo hispánico** essays in the textbook in each lesson.

Actividades para escribir

The **Actividades para escribir** are designed to reinforce the grammar and vocabulary introduced in the textbook and to develop students' writing skills. They include question-and-answer exercises, dialogue completion, sentence transformation, illustration-based exercises, and crossword puzzles. **El mundo hispánico** reinforces cultural knowledge as students supply information from the cultural essays in *¡Continuemos!*. **Para escribir** provides a personalized, open-ended writing topic. For best results students should complete the **Actividades para escribir** after the appropriate grammar and vocabulary have been introduced in class.

Actividades para el laboratorio and
Audio Program (CD or Cassettes)

The **Actividades para el laboratorio** accompany the **Audio Program** for *¡Continuemos!*, Seventh Edition, which provides approximately ten hours of taped exercises recorded by native speakers. The **Actividades para el laboratorio** include listening, speaking, and writing practice for each lesson under the following headings:

Estructuras gramaticales

A set of four to seven exercises that provide listening and speaking practice and check mastery of the grammar topics introduced in each lesson. When necessary, models are printed in the **Actividades para el laboratorio** section.

Diálogos/Narraciones

Lively conversations, news reports, and other real-life situations related to each lesson's theme are followed by questions that verify comprehension and provide oral practice. Scripts for most of the listening passages are printed in the **Actividades para el laboratorio**, so that students may refer to them for assistance after listening to the passage for the first time. In later lessons, some are not printed in the laboratory manual, providing students with authentic comprehension activities.

Lógico o ilógico

Twelve to fifteen statements that students must confirm or refute based on their understanding of key vocabulary and ideas from the lesson.

Pronunciación

A set of six to eight model sentences for pronunciation practice.

Para escuchar y escribir

Tome nota: A listening activity in which students write information based on what they hear in the recordings that simulate radio advertisements, announcements, newscasts, and other types of authentic input.

Dictado: A dictation that reinforces the lesson's theme and grammar structures.

Answer Key: An Answer Key to the workbook exercises with discrete answers and the laboratory dictations is provided at the back of the *Workbook/Laboratory Manual*, enabling students to monitor their progress throughout the program. The **Audio Program** is also available for student purchase.

The *Workbook/Laboratory Manual* is an essential part of the *¡Continuemos!*, Seventh Edition, program since it reinforces the associations of sound, syntax, and meaning needed for effective communication in Spanish. Students who use the *Workbook/Laboratory Manual* and the **Audio Program** consistently will find these components of great assistance in assessing their achievements and in targeting the specific lesson features that require extra review.

We would like to hear your comments on *¡Continuemos!*, Seventh Edition, and on this *Workbook/Laboratory Manual*. Reports of your experiences using this program would be of great interest and value to us. Please write to us care of Houghton Mifflin Company, College Division, World Languages, 222 Berkeley Street, Boston, Massachusetts 02116-3764.

Ana C. Jarvis

Steven Budge

LECCIÓN 1

Actividades para escribir

I. El presente de indicativo

La carta de la abuela

Ésta es una carta que la abuela de Ana María le escribe a su nieta. Complétela usted, usando los verbos que aparecen entre paréntesis en el presente de indicativo.

4 de abril de 20--

Querida Ana María:

(Yo) _____ (estar) muy contenta porque tú y Tyler _____ (ir) a venir a verme. ¿Les _____ (convenir) el mes de mayo o _____ (preferir) venir en junio?

(Yo) _____ (tener) que estudiar inglés porque _____ (querer) decirle algunas cosas a Tyler en su idioma. ¡Ya _____ (saber) decir "*welcome*"! Cuando _____ (oír) hablar inglés siempre lo _____ (recordar).

Tu tío Sergio _____ (vivir) con tu tía Marisol y su familia. Yo _____ (reconocer) que _____ (ser) una buena idea porque él _____ (entretener) a los niños y Marisol no _____ (negar) que él _____ (ser) una gran ayuda. Él nunca _____ (corregir) a los niños ni _____ (intervenir) en sus peleas, pero _____ (resolver) muchos problemas cuando los _____ (llevar) a la escuela, etc. Yo _____ (suponer) que él _____ (pensar) quedarse con ellos por un tiempo. ¡(Yo) te _____ (advertir) que uno de estos días (él) _____ (aparecer) en Nueva York para visitarte! (Él) siempre me _____ (preguntar) cuánto _____ (costar) un billete a Nueva York.

¿Y qué _____ (decir) mi nieto americano? Yo _____ (confesar) que lo _____ (encontrar) muy simpático. ¡Y yo nunca _____ (mentir)!

Bueno, _____ (sentir) tener que dejarte, pero _____ (ser) hora de almorzar. La criada _____ (servir) el almuerzo a la una en punto.

Cariños a Tyler y un abrazo para ti. Tú ya _____ (saber) que (tú) _____ (ser) mi nieta favorita.

Abuela

II. El presente progresivo

A. **Estamos muy ocupados.** Todos los miembros de esta familia están ocupados. Indique usted lo que están haciendo, usando los verbos dados.

Yo _____ (leer) un artículo porque

_____ (escribir) un informe para mi clase de francés.

Mi mamá _____ (servir) el desayuno y le

_____ (decir) a la criada lo que tiene que comprar en

el mercado. Mi hermana y yo _____ (cuidar) al bebé,

que _____ (dormir) en su cuna (*cradle*). Rosalía

_____ (hablar) por teléfono con un agente de viajes.

Le _____ (pedir) información sobre billetes a Madrid.

Luis y Antonio _____ (ir) y viniendo de la casa de los Vega

a la nuestra, porque _____ (traer) las sillas que necesitamos

para la fiesta de esta noche.

¿Y tú? ¿Qué _____ (hacer)?

B. **Continuamos trabajando.** Indique usted que estas personas siguen haciendo lo mismo, usando **seguir + gerundio**.

1. Yo _____ (leer) el artículo.

2. Mi mamá le _____ (decir) a la criada lo que tiene que comprar.

3. Mi hermana y yo _____ (cuidar) al bebé.

4. El bebé _____ (dormir) en su cuna.

5. Rosalía _____ (pedir) información.

6. Luis y Antonio _____ (ir) y viniendo porque

_____ (traer) sillas a nuestra casa.

III. La *a* personal

¡Adiós, vacaciones! El señor Rivas y su esposa están de vuelta de sus vacaciones. Ahora él le está diciendo a ella todas las cosas que tiene que hacer. Complete usted cada oración, usando el equivalente español de las palabras que aparecen entre paréntesis.

1. Tengo que llamar _____ y _____ porque necesito hablar con ellos. (*my uncle / my cousin*)

2. Tengo que llevar _____ al veterinario. (*the dog*)

3. Tengo que ir al aeropuerto, a recoger _____. (*my brother*)

4. Tengo que ir a visitar _____. (*my grandparents*)

5. Tengo que poner un anuncio en el periódico porque necesito _____. (*a secretary*)

6. Tengo que ver _____ en la agencia de empleos. (*someone*)

IV. Formas pronominales en función de complemento directo

Tía Mary   Tenemos una tía, la hermana de mi mamá, que vive con nosotros. Dependemos de ella para todo. Indique usted eso al contestar todas las preguntas. Use en sus respuestas el pronombre de complemento directo apropiado.

1. ¿Quién lleva a los niños a la escuela?

   _____

2. ¿Quién cuida a mamá cuando está enferma?

   _____

3. ¿Quién traduce las cartas de nuestros amigos americanos?

   _____

4. ¿Quién lleva el coche al taller cuando no funciona bien?

   _____

5. ¿Quién me trae a casa cuando está lloviendo? (Use la forma **tú** en su respuesta.)

   _____

6. ¿Quién te llama cuando tienes un mensaje importante?

   _____

7. ¿Quién los lleva a ustedes al aeropuerto cuando viajan?

   _____

8. ¿Quién pide información cuando no sabemos algo?

   _____

9. ¿Quién está preparando la cena en este momento?

   _____

10. Tía Mary es la mejor tía del mundo, ¿verdad?

    _____

V. Formas pronominales en función de complemento indirecto

Las relaciones   Indique usted lo que pasa entre estas personas, usando la información dada.

Modelo: ella a mí: hablar en francés
            yo a ella: hablar en español
            Ella me habla en francés y yo le hablo en español.

1. nosotros a ellos: pedir cien dólares
   ellos a nosotros: dar veinte dólares

   _____

2. yo a ella: escribir en español
   ella a mí: contestar en portugués

   _____

3. tú a mí: enviar dinero
   yo a ti: mandar libros

   _____

4. él a ustedes: contar sus problemas
   ustedes a él: dar consejos

   _____

5. ella a los chicos: regalar juguetes (*toys*)
   los chicos a ella: dar besos

   _____

6. Pietro a mí: hablar de Italia
   yo a Pietro: decir que conozco Roma

   _____

7. yo a Carlos: preguntar si quiere ir a cenar
   Carlos a mí: contestar que no tiene hambre

   _____

8. ellos a ti: piensan enviar un mensaje electrónico
   tú a ellos: piensas mandar un fax

   _____

9. Marta a ustedes: va a mentir
   ustedes a Marta: van a creer

   _____

10. yo a usted: confesar que soy un poco egoísta
    usted a mí: decir que ya lo sabe

    _____

11. tú a ella: pedir un documento
    ella a ti: mostrar su pasaporte

    _____

12. el camarero a ella: servir café
    ella al camarero: pagar y dar una buena propina

    _____

VI. Construcciones reflexivas

Cómo somos y qué hacemos   Marisol va a describir a su familia y va a hablarnos de las cosas que hacen cada día. Complete esta información, usando el presente de indicativo de los verbos que aparecen entre paréntesis.

Yo _____ (llamarse) Marisol Estévez, y soy de Madrid. Todos los días

_____ (despertarse) muy temprano, _____ (bañarse),

_____ (vestirse) y después preparo un buen desayuno para mi familia.

Mi esposo _____ (llamarse) Fernando y él y yo _____

(llevarse) muy bien. Mi hermano Sergio vive con nosotros, pero _____ (casarse)

pronto. La gente dice que yo _____ (parecerse) a él. Él es un hermano típico.

_____ (Burlarse) de mí porque no sé cocinar y dice que yo no

_____ (atreverse) a jugar al tenis con él porque sé que me va a ganar. A veces

empezamos a charlar y _____ (acordarse) de nuestra niñez (*childhood*). Los dos

_____ (reírse) y hablamos hasta tarde. Yo _____ (acostarse) a

eso de las once y _____ (dormirse) en seguida.

Cada mañana, Fernando y Sergio _____ (irse) a trabajar y yo

_____ (sentarse) a tomar una taza de café.

¿Y tú? ¿A qué hora _____ (despertarse)? ¿Y a qué hora _____

(acostarse)?

VII. En general

Lo que oímos   Éstos son trozos de conversaciones que se oyen. Complételos, usando el equivalente español de las palabras que aparecen entre paréntesis.

1. —¿Ustedes ven _____? (*your children*)

   —Sí, _____ muy _____. (*we see them / often*)

   —¿_____ con sus padres? (*Do you keep in touch*)

   —Sí, _____ una reunión en mayo y vamos a

   _____ todos juntos. (*there's going to be / be*)

2. —¿Cómo _____ hoy, Anita? (*do you feel*)

   —Bien, pero _____ mi abuela. (*I miss*)

   —¿Tú _____ o _____ por teléfono? (*write to her / do you call her*)

   —_____ tarjetas postales de todos los lugares que visito. (*I send her*)

   —_____ tienes que ir a _____. (*One of these days / see her*)

¡Continuemos! • **Lección 1**   5

VIII. Palabras problemáticas

Haga un círculo alrededor de la palabra correcta.

1. Yo (sé, conozco) a Sergio, pero no (sé, conozco) dónde vive.
2. Le voy a (pedir, preguntar) a Fernando si quiere ir al cine.
3. Ella siempre me (pide, pregunta) dinero.
4. Voy a (tomar, llevar) a Fernando a la oficina.
5. ¿Marisol va a (tomar, llevar) el avión?
6. Yo (tomo, llevo) una pluma y empiezo a escribir.

IX. Crucigrama

Horizontal

1. alegre
2. enojado
3. dar un abrazo
6. Tiene dinero pero no lo gasta; es muy _____.
7. que tiene mucha vanidad
9. que siente nostalgia
10. calmo
11. querer
12. a lo mejor
15. Sólo le interesa el dinero; es muy _____.
16. dar un beso
19. opuesto de **contento**
21. echamos de menos
23. Él siempre está de mal _____.
24. Siempre estamos de acuerdo en todo. Nos _____ muy bien.
25. haragán
26. Ella siempre está dando órdenes; es muy _____.
27. que tiene depresión
29. lleno de entusiasmo
30. Trabajo _____ día.
31. hábito

Vertical

1. Me mantengo en _____ con mis hermanos.
4. No soy pesimista ni optimista; soy _____.
5. Él es antipático; me _____ mal.
7. muchos
8. opuesto de **casarse**
13. opuesto de **interesante**
14. Siempre está trabajando; es muy _____.
17. a menudo
18. que comprende
22. Julio está comprometido con Ana; ella es su _____.
28. tíos, primos, abuelos, etc.

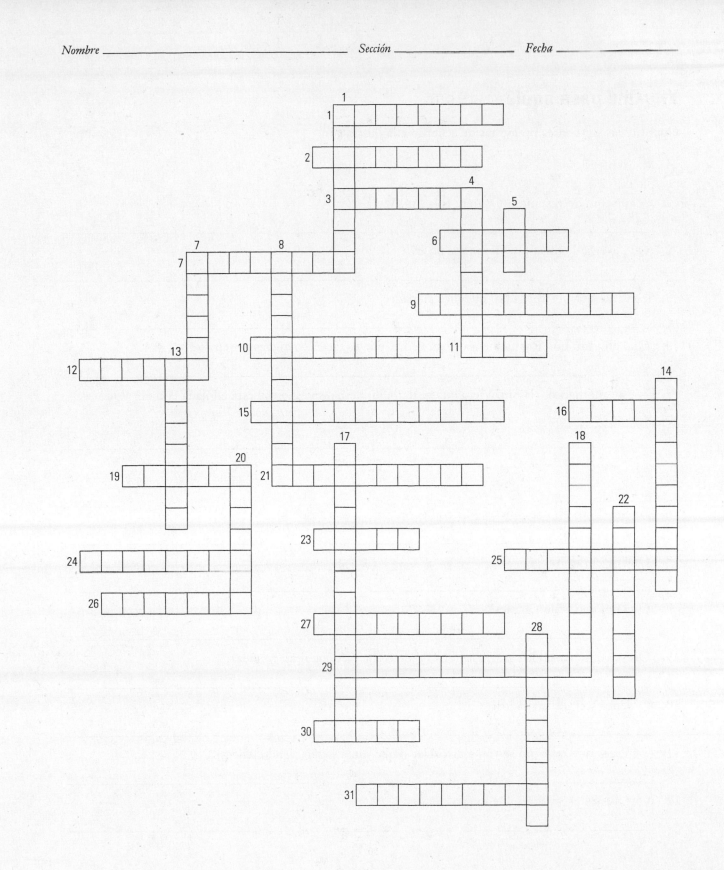

***¡Continuemos!* • Lección 1**   7

X. ¿Qué pasa aquí?

Conteste las siguientes preguntas de acuerdo a la ilustración.

A.

1. ¿A qué tipo de restaurante quiere ir la Sra. Viera?

   _____

2. ¿Qué excusa le da el Sr. Viera para no ir?

   _____

3. Según Rosita, ¿es verdad lo que dice su padre?

   _____

4. ¿Qué crees tú que Rosita piensa de su padre: que es tacaño o que es generoso?

   _____

5. En este momento, ¿la Sra. Viera quiere darle un beso a su esposo o está enojada con él? ¿Qué crees tú?

   _____

B.

6. ¿La Sra. Soto está comprometida con el Sr. Soto o es su esposa?

   _____

7. ¿Qué celebran hoy?

   _____

8. ¿Quiénes son Hugo y Sara?

   _____

9. ¿Qué va a haber en la casa de los Soto esta noche? ¿A qué hora empieza?

   _____

10. ¿Quiénes son los invitados?

    _____

11. ¿Tú crees que los Soto se van a divorciar o que van a seguir siendo felices?

    _____

12. ¿Qué siente el Sr. Soto por su esposa?

    _____

C.

13. ¿Qué está diciendo el bebé?

   _____

14. ¿Tú crees que su abuela lo mima?

   _____

15. ¿Cómo se llama el bebé?

   _____

16. ¿Qué es Pepito para su abuela?

   _____

17. ¿Tú crees que la abuela se siente contenta cuando está con su nieto?

   _____

18. ¿La mamá de Pepito se va a quedar o se va a ir?

   _____

19. ¿La abuela va a estar con su nieto un rato o se va también?

   _____

20. ¿Tú crees que la abuela cuida al bebé y juega con él o que le da consejos?

   _____

D.

21. ¿Con quién quiere casarse Luis?

   _____

22. ¿Qué le dice Eva?

   _____

23. ¿Cuándo es la boda?

   _____

24. ¿Luis le cae bien al Sr. Paz?

   _____

25. ¿Qué opinión tiene de Luis el papá de Eva?

   _____

26. ¿La mamá de Eva está de acuerdo con él?

   _____

27. ¿Tú crees que la Sra. Paz es pesimista, optimista o realista?

   _____

28. ¿Con quién crees tú que Luis se va a llevar mejor?

   _____

XI. El mundo hispánico: España

Repase "El mundo hispánico" en las páginas 9–10 de *¡Continuemos!* y complete lo siguiente.

1. Superficie: unos _____ kilómetros cuadrados

2. Población: unos _____ millones

3. Capital: _____

4. Segunda ciudad en importancia: _____, situada en la Costa del
   _____

5. Idiomas que se hablan en Barcelona: _____ y
   _____

6. Tres ciudades importantes en el sur de España: _____,
   _____ _____

7. Salamanca está situada al _____.

8. Capital del País Vasco: _____, situada en el mar
   _____

9. Lugar que ocupa España entre los países del mundo: _____

| Para escribir | Escríbale una carta a su mejor amigo(a), contándole lo que está haciendo, dándole noticias sobre lo que está pasando en su vida y haciéndole preguntas a él (ella) sobre lo que está pasando en la suya. |

_____

_____

_____

_____

_____

_____

_____

_____

_____

_____

_____

_____

LECCIÓN 1

Actividades para el laboratorio

I. Estructuras gramaticales

A. Answer all the questions in the negative, using the cues provided. The speaker will verify your responses. Repeat the correct answer.

B. Answer all the questions, using the present progressive and the cues provided. The speaker will verify your responses. Repeat the correct answer. Follow the model.

Modelo: ¿Con quién habla Marisol? (con su novio)
Está hablando con su novio.

C. Answer the questions, using the cues provided. Pay attention to the use of the personal **a**. The speaker will verify your response. Repeat the correct answer. Follow the model.

Modelo: ¿A quién vas a llamar esta tarde? (mi hermano)
Voy a llamar a mi hermano.

D. Answer the questions in the negative, omitting the subject and replacing the direct objects with the corresponding direct object pronouns. The speaker will verify your response. Repeat the correct answer. Follow the model.

Modelo: ¿Tú ves a tus amigos los viernes?
No, no los veo los viernes.

E. Answer the questions, using the cues provided. Omit the subject and supply the correct indirect object pronoun in your response. The speaker will verify your response. Repeat the correct answer. Follow the model.

Modelo: ¿A quién le vas a escribir? (a mi padrino)
Le voy a escribir a mi padrino.

F. The speaker will tell you what Mario does, and then ask you about what other people do. Respond, always saying that everyone does the same thing. The speaker will verify your response. Repeat the correct answer. Follow the model.

Modelo: Mario se levanta a las seis, ¿y tú?
Yo me levanto a las seis también.

II. Diálogos

Each dialogue will be read twice. Pay close attention to the content of the dialogue and also to the intonation and pronunciation patterns of the speakers.

Now listen to dialogue 1.

SERGIO: Hola, Amanda. ¿A quién le estás escribiendo?
AMANDA: Hola, Sergio. Le estoy escribiendo a mi tía. Tengo que decirle que la boda de Olga y Luis es el doce de julio.

SERGIO:	¿Y tú? ¿Cuándo te casas?
AMANDA:	No sé... a lo mejor... un día de éstos.
SERGIO:	Tú y Daniel están comprometidos, ¿no?
AMANDA:	Sí, pero no tenemos una fecha todavía.
SERGIO:	Yo no lo conozco. ¿Cómo es Daniel?
AMANDA:	Es guapo, muy inteligente... amistoso... comprensivo... alegre... ¡Siempre está de buen humor!
SERGIO:	¡Caramba! ¡Te vas a casar con un hombre perfecto!
AMANDA:	¡Tienes razón! Lo voy a llamar y le voy a decir que tenemos que decidir cuándo nos casamos.
SERGIO:	¡Buena idea!

Ejercicio de comprensión

The speaker will now ask you some questions based on the dialogue. Answer each question, always omitting the subject. The speaker will verify your response. Repeat the correct answer.

Now listen to dialogue 2.

MARISOL:	Rafael, ¿puedes llevarme a la universidad mañana?
RAFAEL:	Sí, puedo llevarte, pero tienes que levantarte muy temprano.
MARISOL:	¿Por qué? ¿A qué hora es tu primera clase?
RAFAEL:	A las siete.
MARISOL:	¡Caramba! ¿A qué hora te despiertas?
RAFAEL:	Me despierto a las cinco todos los días.
MARISOL:	A esa hora yo estoy soñando...
RAFAEL:	Pues yo me baño, me visto, desayuno y estudio un rato.
MARISOL:	¡Ay, no! ¡Tú tienes muy malas costumbres! Yo me levanto a las ocho y necesito una hora para vestirme.
RAFAEL:	Bueno, Marisol... supongo que vas a tener que tomar un taxi...

Ejercicio de comprensión

The speaker will now ask you some questions based on the dialogue. Answer each question, always omitting the subject. The speaker will verify your response. Repeat the correct answer.

Now listen to dialogue 3.

LUIS:	¿Cuándo vuelve tu abuela a España, Teresa?
TERESA:	El viernes. La voy a extrañar mucho.
LUIS:	¡Claro! ¿Quién te va a llevar al teatro? ¿Quién te va a comprar ropa? ¿Quién te va a malcriar?
TERESA:	Mi abuela no me malcría, Luis; me cuida... me mima...
LUIS:	(Se ríe) ¡Y siempre está de acuerdo contigo! No... estoy bromeando... ¿Cuándo piensa volver a Nueva York?
TERESA:	En diciembre, pero yo la voy a ver antes...
LUIS:	¿Sí? ¿Cuándo?
TERESA:	En agosto. Ella me va a regalar un viaje a Madrid.
LUIS:	¿Ves? ¡Tu abuela te malcría!

Ejercicio de comprensión

The speaker will now ask you some questions based on the dialogue. Answer each question, always omitting the subject. The speaker will verify your response. Repeat the correct answer.

Now listen to dialogue 4.

MIGUEL: Oye, Nora... ¿qué piensas tú de mi amigo Oscar...?
NORA: ¿Oscar? Es guapo... pero no es muy inteligente... ¡Y es muy tacaño!
MIGUEL: No es tacaño... Es que no tiene mucho dinero. ¡Pero es muy trabajador!
NORA: ¡Ay, Miguel! Oscar no me cae muy bien. Es un poco aburrido.
MIGUEL: Pues él quiere salir contigo. Quiere llevarte al club Náutico el sábado.
NORA: No sé... mis amigos y yo tenemos planes...
MIGUEL: Él dice que tú eres hermosa... que bailas muy bien... que eres inteligente y simpática.
NORA: ¿Eso dice...? Bueno... puedes decirle que acepto su invitación.

Ejercicio de comprensión

The speaker will now ask you some questions based on the dialogue. Answer each question, always omitting the subject. The speaker will verify your response. Repeat the correct answer.

III. ¿Lógico o ilógico?

You will hear some statements. Circle **L** if the statement is logical or **I** if it is illogical. The speaker will verify your response.

1. L I	4. L I	7. L I	10. L I	13. L I
2. L I	5. L I	8. L I	11. L I	14. L I
3. L I	6. L I	9. L I	12. L I	15. L I

IV. Pronunciación

When you hear the number, read the corresponding sentence aloud. The speaker will then read the sentence correctly. Repeat it again.

1. Ésa es una costumbre típicamente americana.

2. Ustedes se mantienen en contacto de una manera u otra.

3. Entonces el círculo de amigos es muy importante en su vida.

4. Hoy se siente un poco nostálgica y piensa que cada vez extraña más a su familia.

5. Piensa que un día de éstos va a tomar un avión a Madrid.

6. Siguen hablando un rato y después él se levanta para irse a trabajar.

V. Para escuchar y escribir

Tome nota

You will now hear a message that was left on Amelia's answering machine. First listen carefully for general comprehension. Then, as you listen for a second time, fill in the information requested.

Persona que llama: _____

Persona que contesta el teléfono: _____

Noticia: _____

El prometido de Estela: _____

Fecha de la boda: _____

En la Iglesia de: _____

Personas invitadas: _____

Número de invitados: _____

País donde van a pasar la luna de miel: _____

Día de la fiesta de compromiso: _____

Lugar: _____

Hora: _____

Dictado

The speaker will read each sentence twice. After the first reading, write what you heard. After the second reading, check your work and fill in what you missed.

1. _____

_____

2. _____

_____

3. _____

_____

4. _____

_____

5. _____

_____

6. _____

_____

LECCIÓN 2

Actividades para escribir

I. Usos de los verbos *ser* y *estar*

La carta de Noemí   Ésta es una carta que Noemí les escribe a sus padres. Complétela usted, usando el presente de indicativo o el infinitivo de **ser** o de **estar**.

20 de septiembre de 20--

Queridos padres:

¿Cómo _____ ustedes? Yo _____ bien, y muy ocupada. ¿Y José Luis? ¿_____ de vacaciones o _____ trabajando? ¿Cómo _____ la casa nueva? ¿_____ más grande que la casa vieja? ¿_____ lejos del centro? ¿Cuándo se mudaron?

Anoche salí con Steve. Él _____ mi mejor amigo y nos divertimos mucho juntos. _____ un chico muy inteligente, alegre, y siempre _____ de buen humor. Ya no salgo con Roger porque _____ muy aburrido y no _____ muy listo.

¿Y cómo _____ tía Marta? ¿Todavía _____ mala? ¿Fue al médico? ¿_____ en cama? Yo sé que ella no se cuida mucho. ¡Espero noticias de todos!

¡Ah¡ Esta noche voy a conocer a los padres de Steve. Debo apurarme porque tengo que _____ lista a las seis. Hoy _____ el cumpleaños de la mamá y la fiesta _____ en un restaurante de Los Ángeles.

Mamá, (yo) _____ comiendo una enchilada, pero no _____ tan rica como las que tú haces.

¡Me voy! _____ tarde! Y, como dice papá, _____ necesario _____ puntual.

Cariños a José Luis y a Rosa. ¿Ella ya _____ de vuelta de su viaje a Tejas? Escríbanme pronto.

Un abrazo,

Noemí

II. Pronombres posesivos

Todas estas personas hablan de lo que ellos van a hacer. Indique usted lo que los parientes y amigos de estas personas van a hacer, usando pronombres posesivos. Siga el modelo.

Modelo: Yo voy a matricularme para mis clases y Ana...
Yo voy a matricularme para mis clases y Ana va a matricularse para las suyas.

1. Noemí va a hablar con su consejero y nosotros...

_____

2. Carlos va a decidir cuál va a ser su especialización, y yo...

_____

3. Usted va a enseñar en su aula y el profesor Vega...

_____

4. Yo voy a usar mi computadora y tú...

_____

5. Tú vas a recibir tus notas y ellos...

_____

6. Esteban va a leer su horario de clases y yo...

_____

7. Marta va a traer sus diccionarios y usted...

_____

8. Yo voy a preguntar cuál es mi promedio y ella...

_____

III. Pronombres de complementos directo e indirecto usados juntos

Usted y un amigo trabajan en la universidad como ayudantes en el departamento de español. Usando la información dada, conteste las siguientes preguntas. Siga el modelo.

Modelo: ¿A quién le da usted los libros? (al profesor Valles)
Se los doy al profesor Valles.

1. ¿Cuándo le devuelven ustedes el horario de clases a la secretaria? (mañana)

_____

2. ¿Usted les tiene que mandar la información a los profesores? (sí)

_____

3. ¿Quién les dice a ustedes lo que tienen que hacer? (la secretaria)

_____

4. ¿Ustedes pueden prestarme el diccionario de francés? (No [Use la forma **tú**.])

_____

5. ¿Dónde le va a dejar el profesor Vega los exámenes parciales a usted? (en el aula)

_____

6. ¿Los estudiantes les van a traer los informes para la profesora Paz? (sí)

_____

7. ¿En qué idioma le escriben ustedes los mensajes a la profesora Sánchez? (en español)

_____

8. ¿Cuándo le hace usted las traducciones al doctor Peña? (los viernes)

_____

9. ¿Quién le da a usted las notas de los estudiantes para ponerlas en la computadora? (el profesor de italiano)

_____

10. ¿A quién pueden preguntarle ustedes si la asistencia a clase es obligatoria? (a la jefa del departamento)

_____

IV. Usos y omisiones de los artículos definidos e indefinidos

Por correo electrónico Sandra recibe un mensaje electrónico de Fernando, un amigo de Guadalajara. Complételo, usando artículos definidos o indefinidos cuando sean necesarios.

Hola Sandra,

Si todo va bien, _____ semana próxima estoy en Los Ángeles. Hoy voy a llamar a _____ doctora Méndez para decirle que _____ lunes voy a su oficina. Ella es _____ mexicana pero habla muy bien _____ inglés y puede ayudarme con mis planes porque es _____ consejera. Tú sabes que _____ inglés no es fácil para mí.

¡Saludos!

Fernando

Ahora, complete su respuesta.

¡Hola, Fernando!

Hoy es _____ viernes de modo que pronto nos vemos. Yo siempre estoy de vuelta en casa para _____ cuatro. Puedes llamarme o enviarme _____ otro mensaje. Si llegas _____ domingo, antes de _____ doce, voy a estar en _____ iglesia. Bueno, te dejo porque en _____ media hora tengo que estar en el banco. Necesito sacar _____ mil dólares para pagar la matrícula. ¡De sólo pensarlo me duele _____ cabeza!

¡Hasta pronto!

Sandra

V. El pretérito

Esteban le va a decir a usted lo que él hizo la semana pasada. Usando las claves (*cues*) que aparecen entre paréntesis, haga preguntas sobre lo que esas personas hicieron teniendo en cuenta la información que aparece subrayada.

Modelo: Fui <u>al cine</u>. (tú)
¿Adónde fuiste tú?

1. Leí <u>el horario de clases</u>. (ustedes)

   _____

2. Almorcé <u>en el restaurante Azteca</u>. (tú)

   _____

3. En el restaurante pedí <u>tamales.</u> (Carlos)

   _____

4. Salí con <u>María</u>. (Teresa)

   _____

5. Tuve que ir <u>a la facultad</u> el lunes. (tus hermanos)

   _____

6. Di una fiesta <u>el viernes</u>. (tú)

   _____

7. Fui a la conferencia <u>con Julio</u>. (ustedes)

   _____

8. Estuve en la biblioteca <u>el jueves por la noche</u>. (Marisa)

   _____

9. Puse <u>doscientos dólares</u> en el banco. (tú)

   _____

10. Ana y yo vinimos a la residencia universitaria <u>el miércoles pasado</u>. (las chicas)

    _____

11. Traje <u>la solicitud</u> a la oficina. (ustedes)

    _____

12. Carlos y yo servimos <u>entremeses</u> en nuestra fiesta. (Luisa)

    _____

13. Conseguí las entradas <u>en la tienda</u>. (Jorge)

    _____

14. Hice <u>una paella</u> para la cena el martes pasado. (Marisol)

    _____

15. Le dije a Luz <u>que necesitaba dinero</u>. (ustedes)

    _____

VI. El imperfecto

¡Todo me salió mal!   Esto es lo que le sucedió a Marcelo ayer. Complete la historia, usando el imperfecto de los verbos que correspondan.

_____ las ocho cuando salí de casa. Me puse el impermeable porque

_____ mucho. Cuando llegué a la universidad, _____ mojado

(*wet*) y _____ mucho frío. En la biblioteca vi a mi amigo Pablo, que

_____ estudiando para un examen.

Pablo y yo nos conocimos en la escuela secundaria. Los dos _____ al fútbol

y no _____ muy buenos estudiantes. Pablo y yo hablamos por dos horas y después

nos dimos cuenta de que _____ muy tarde. Yo no fui a mi clase de historia.

Cuando llegué a mi clase de química, me caí y me lastimé (*hurt*) el pie. Cuando me

_____, me _____ mucho el pie, decidí ir al hospital. Allí el

doctor me dijo que _____ usar muletas (*crutches*). La enfermera, quien

_____ muy fea, me ayudó a subir al coche. La lluvia _____ más

intensa todavía. Yo no _____ nada porque dejé mis anteojos en el hospital. Por la

noche llamé a mi novia, quien me dijo que no _____ casarse conmigo porque yo

_____ muy pobre.

¡Qué día tan horrible! ¡Todo me salió mal!

VII. En general

Lo que oímos   Estos son trozos de conversaciones que se oyen. Complételos, usando el equivalente español de las palabras que aparecen entre paréntesis.

1. —Lolo siempre _____. (*is in a bad mood*)

   —Sí, _____ no hablar con él. (*it's better*)

2. —La conferencia _____ en la universidad. ¿Elena piensa ir? (*is*)

   —No, Ella _____. (*is sick in bed*)

3. —Yo voy a tratar de terminar mi informe. ¿Tú vas a terminar _____? (*yours*)

   —¡_____! (*I'll say*)

4. —¿Cuándo puede traerme el horario de clases?

   —Puedo _____ mañana, señorita. (*bring it to you*)

   —¿Mañana?

   —Sí, _____. (*I promise you*)

5. —¿Tienes _____? (*a girlfriend*)

   —Sí, se llama Susana. Trabaja _____ en una compañía grande. (*as a secretary*)

—¿Es bonita?

—Sí, y tiene _____ atractivo especial por su personalidad. (*a certain*)

6. —¿Qué hora _____ cuando llegaste a la clase? (*was it*)

—Las nueve y diez. _____ (*I was late*)

—¡_____ no eres muy puntual! (*apparently*)

VIII. Palabras problemáticas

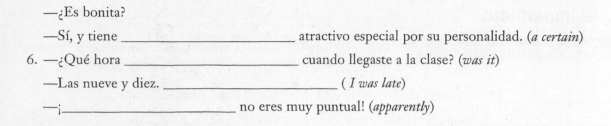

Escoja las palabras apropiadas para terminar cada aseveración o pregunta.

1. ¿A qué (tiempo, hora) llegan Uds.?

2. Ella dice que Nora es inteligente, pero yo no (me pongo de acuerdo, estoy de acuerdo).

3. Norberto y yo (quedamos en, estuvimos de acuerdo en) vernos a las siete.

4. ¿(Cuántos tiempos, Cuántas veces) por semana ves a tus abuelos?

5. No pude estudiar con Marcos porque no tuve (tiempo, hora).

IX. Crucigrama

Horizontal

1. Ella es trabajadora _____.
3. inteligente
6. Tengo A y C. Mi _____ es B.
7. clase que se debe tomar
8. Él asiste a la Facultad de Derecho porque quiere ser _____.
11. Necesito el _____ de clases.
12. sala de clase
13. Por lo _____, ella es muy inteligente.
16. Estudio _____ de empresas.
17. estudios
18. Asiste a la Facultad de _____ y Letras.
19. Nunca llega tarde; es muy _____.
20. Los futuros maestros estudian en la facultad de _____.
22. Viven en la residencia _____.
24. Tengo que pagar la _____ para tomar clases.
25. muy, muy malo
26. Luis es analista de _____.
27. Voy a llevar a mi perro al _____.
28. Estudia en la Facultad de Ciencias _____. Quiere ser contador público.

Vertical

2. Quiere ser dentista. Asiste a la Facultad de _____.
4. computación
5. *accountant* en español
7. junta
9. ayuda financiera que se les da a los estudiantes
10. persona que aconseja
12. La _____ a clase es obligatoria.
14. Tiene quince años. Asiste a la escuela _____.
15. lo mismo que el veinte horizontal
16. materia
19. ¿Es una universidad estatal o _____?
21. Si quieres diseñar edificios, tienes que estudiar _____.
23. relativo a la educación

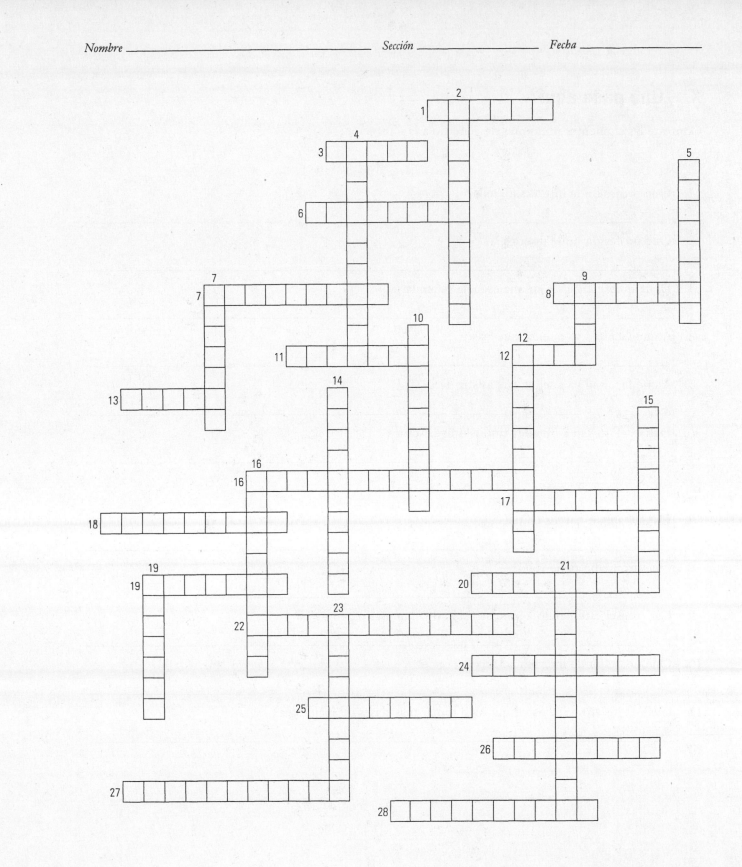

¡Continuemos! • **Lección 2**   23

X. ¿Qué pasa aquí?

Conteste las siguientes preguntas de acuerdo a la ilustración.

A.

1. ¿Qué profesión le interesa a Delia?

   _____

2. ¿Qué profesión no le interesa?

   _____

3. ¿Delia quiere enseñar en una escuela secundaria?

   _____

4. ¿A qué facultad va a tener que asistir?

   _____

5. ¿A qué facultad va a tener que asistir Tito?

   _____

6. ¿Delia y Tito van a obtener títulos universitarios?

   _____

B.

7. ¿En qué aula están los chicos?

   _____

8. ¿Qué promedio tiene Raúl?

   _____

9. ¿Carlos está estudiando administración de empresas o geografía?

   _____

10. ¿Qué profesión le interesa a Mary?

    _____

11. ¿Cuál de los tres cree usted que va a tomar más clases de sociología?

    _____

A

B

C

D

¡Continuemos! • **Lección 2**   25

C.

12. ¿En qué universidad piensa ingresar Armando?

_____

13. ¿Cuándo piensa matricularse?

_____

14. ¿Va a asistir a una universidad privada?

_____

15. ¿La asistencia a la clase de química es obligatoria o José Luis puede estudiar por su cuenta?

_____

16. ¿A qué facultad piensa asistir Sergio?

_____

D.

17. ¿Cora es enfermera o farmacéutica?

_____

18. ¿Quién pasa por Cora?

_____

19. Héctor tenía que venir a las diez a más tardar. ¿Es puntual el muchacho?

_____

20. ¿Cora y Héctor van a estudiar juntos o van a bailar?

_____

21. ¿Cree usted que Cora está lista para salir o que Héctor tiene que esperarla?

_____

XI. El mundo hispánico: México

Repase "El mundo hispánico" en las páginas 45–46 de *¡Continuemos!* y complete lo siguiente.

1. México exporta _____, _____,

   _____ y _____.

2. Otra fuente de ingreso: _____

3. Pirámides que se encuentran en Teotihuacán: _____

4. Ruinas en la Península de Yucatán: _____

5. Capital del país: _____

6. Población de la capital: _____

7. Pintores famosos: _____, _____ y

   _____

8. Escritores famosos: _____, _____ y

   _____

Para escribir

Ud. tiene un amigo que es estudiante de una universidad mexicana. Mándele un mensaje electrónico, hablándole de sus clases y de sus diferentes actividades en la universidad.

_____

_____

_____

_____

_____

_____

_____

_____

_____

_____

_____

LECCIÓN 2

Actividades para el laboratorio

I. Estructuras gramaticales

A. Answer these questions about Marcelo, a young man from Guadalajara. Use the cues provided and pay special attention to the use of **ser** and **estar**. The speaker will verify your response. Repeat the correct answer. Follow the model.

Modelo: ¿Quién es ese chico? (Marcelo Santos)
Es Marcelo Santos.

B. Answer the questions, using the cues provided. The speaker will verify your response. Repeat the correct answer. Follow the model.

Modelo: Yo tengo mi horario. ¿Dónde está el tuyo? (en mi escritorio)
El mío está en mi escritorio.

C. Noemí is asking her friend Steve many questions. Answer all questions affirmatively, substituting direct object pronouns for the direct objects. The speaker will verify your response. Repeat the correct answer. Follow the model.

Modelo: ¿Tú le traes los exámenes al profesor?
Sí, yo se los traigo.

D. Answer the questions, using the cues provided. Pay special attention to the use or omission of definite and indefinite articles. The speaker will verify your response. Repeat the correct answer.

E. Answer the questions, using the cues provided. The speaker will verify your response. Repeat the correct answer.

F. Answer each question you hear, using the cues provided. The speaker will verify your response. Repeat the correct answer. Follow the model.

Modelo: ¿Qué idioma hablabas cuando eras niño? (inglés)
Hablaba inglés cuando era niño.

II. Diálogos

Each dialogue will be read twice. Pay close attention to the content of the dialogue and also to the intonation and pronunciation patterns of the speakers.

Now listen to dialogue 1.

CARLOS: ¿Cuántas clases tomaste tú el semestre pasado, Anita?
ANITA: Tomé cinco clases. Tuve que estudiar mucho, porque todas eran difíciles.
CARLOS: ¿Sacaste buenas notas en todas tus clases?
ANITA: Sí, mantuve un promedio de "A".
CARLOS: Por lo visto eres muy lista. Yo tuve que estudiar mucho para sacar una "B" en todo.
ANITA: Sí, pero tú estabas trabajando. Yo no, porque vivo con mis padres y tengo una beca.
CARLOS: ¿Viste? Eres muy lista. Yo vivo en un apartamento muy caro y tengo que trabajar...
ANITA: ¿Trabajabas cuando estabas en la escuela secundaria?
CARLOS: No... yo era muy irresponsable... iba a muchas fiestas...
ANITA: Bueno, Carlos. ¡Las vacaciones se terminaron!

Ejercicio de comprensión

The speaker will now ask you some questions based on the dialogue. Answer each question, always omitting the subject. The speaker will verify your response. Repeat the correct answer.

Now listen to dialogue 2.

MARITÉ: Antonio, ¿puedes prestarme tu libro de física? Mañana tengo un examen parcial y yo no encuentro el mío.

RAFAEL: Sí, puedo prestártelo, pero me lo tienes que devolver mañana porque yo lo necesito.

MARITÉ: Sí, no hay problema. ¿Puedes pasar por mí mañana? Tengo que estar en la universidad a las ocho.

RAFAEL: Bueno, pero esta vez tienes que estar lista, porque yo tengo que estar en la oficina de mi consejero a las ocho menos cuarto.

MARITÉ: ¡Ya sé que tú eres muy puntual!

RAFAEL: Sí, la puntualidad es lo más importante para mí. Oye, ¿quieres ir a la conferencia del Dr. Vega?

MARITÉ: ¡No! El Dr. Vega es muy aburrido. Los estudiantes se duermen en su clase.

Ejercicio de comprensión

The speaker will now ask you some questions based on the dialogue. Answer each question, always omitting the subject. The speaker will verify your response. Repeat the correct answer.

Now listen to dialogue 3.

GABRIELA: Héctor, ¿tú piensas ingresar en la facultad de ciencias económicas?

HÉCTOR: Sí, quiero estudiar para contador público.

GABRIELA: Yo creí que tú querías ser abogado.

HÉCTOR: Yo también, pero decidí que era mejor ser contador y trabajar para una compañía. ¿Y tú, Gabriela? Vas a ser maestra, ¿no?

GABRIELA: Sí, quiero enseñar en una escuela primaria. Me gusta trabajar con niños de cinco a siete años.

HÉCTOR: Entonces, ¿vas a ingresar en la facultad de educación?

GABRIELA: Sí, voy a empezar a estudiar en agosto, a más tardar.

HÉCTOR: ¿Y qué vas a hacer durante el mes de julio?

GABRIELA: Voy a pasar mucho tiempo en la playa... y no voy a pensar en todo lo que voy a tener que estudiar.

HÉCTOR: ¡Buena idea! ¡Yo pienso hacer lo mismo!

Ejercicio de comprensión

The speaker will now ask you some questions based on the dialogue. Answer each question, always omitting the subject. The speaker will verify your response. Repeat the correct answer.

Now listen to dialogue 4.

OLGA: Pablo, ¿cuál era tu clase favorita cuando estabas en la escuela secundaria?

PABLO: Educación física. ¿Y la tuya?

OLGA: Psicología. Siempre trataba de analizar a todos mis amigos...

PABLO: ¿Piensas estudiar para psicóloga?

OLGA: No... la gente tiene demasiados problemas... Pienso ser veterinaria y trabajar con animales...

PABLO: Los animales también tienen problemas, Olga... Por ejemplo, tenía un gato que siempre estaba triste y deprimido...

OLGA: (Se ríe) ¿Tu gato estaba siempre triste?

PABLO: ¡Ya lo creo! ¡Siempre estaba de mal humor!

OLGA: ¡Yo voy a ser veterinara, no psicóloga de gatos! ¿Y tú? ¿Qué carrera piensas seguir?

PABLO: Yo voy a ser un actor famoso y me voy a casar con una veterinaria...

Ejercicio de comprensión

The speaker will now ask you some questions based on the dialogue. Answer each question, always omitting the subject. The speaker will verify your response. Repeat the correct answer.

III. ¿Lógico o ilógico?

You will hear some statements. Circle **L** if the statement is logical or **I** if it is illogical. The speaker will verify your response.

1. L I	4. L I	7. L I	10. L I	13. L I
2. L I	5. L I	8. L I	11. L I	14. L I
3. L I	6. L I	9. L I	12. L I	15. L I

IV. Pronunciación

When you hear the number, read the corresponding sentence aloud. The speaker will then read the sentence correctly. Repeat it again.

1. Veo que su especialización es administración de empresas.
2. Lo mejor es tomar todos los requisitos generales primero.
3. Yo tomé matemáticas, biología, psicología y una clase de informática.
4. Steve leyó el horario de clases de Noemí y lo encontró muy difícil.
5. ¿Existen muchas diferencias entre el sistema universitario de México y el de aquí?
6. Tiene sus ventajas, pero necesitas ser disciplinado.
7. ¿Sigues viviendo en la residencia universitaria?
8. Esta vez tienes que ser puntual porque no podemos llegar tarde.

V. Para escuchar y escribir

Tome nota

You will hear an announcement for some summer courses. First listen carefully for general comprehension. Then, as you listen for a second time, fill in the information requested.

Información sobre clases de verano

Nombre del Instituto: _____

Cursos de: _____

Preparación para ingresar en la facultad de _____

Fecha en que empiezan las clases: _____

Matrícula abierta desde el _____ hasta el _____

Cursos que se ofrecen:

1. _____   4. _____

2. _____   5. _____

3. _____   6. _____

Horario de clases:

Días: De _____ a _____

Horas: De _____ a _____

Dirección del Instituto: _____

Número de Teléfono: _____

Dictado

The speaker will read each sentence twice. After the first reading, write what you heard. After the second reading, check your work and fill in what you missed.

1. _____

_____

2. _____

_____

3. _____

_____

4. _____

_____

5. _____

_____

6. _____

_____

7. _____

_____

8. _____

_____

LECCIÓN 3

Actividades para escribir

I. Verbos que requieren una construcción especial

Andrés y su familia visitan Chile

Éstas son las impresiones, las ideas y los problemas que experimentan Andrés y su familia durante su visita a Chile. Cambie lo que dice Andrés, usando expresiones con **gustar, encantar, doler, faltar** y **quedar**.

1. Mi familia y yo tenemos una opinión muy alta de Chile.

   _____

2. Yo creo que Viña del Mar es una ciudad encantadora.

   _____

3. Mis hermanas siempre escuchan música chilena.

   _____

4. Mi mamá quiere comprar un abrigo de alpaca, pero solamente tiene cien dólares para gastar y el abrigo cuesta doscientos dólares.

   _____

5. Mi papá quiere ir a ver un partido de fútbol, pero tiene un dolor de cabeza terrible.

   _____

6. Yo quiero ir a caminar, pero me lastimé las rodillas jugando al básquetbol.

   _____

7. Mis padres visitaron el Parque de Artesanos y lo encontraron fascinante.

   _____

8. Mi hermano quiere ir a esquiar, pero mis hermanas y yo preferimos ir a patinar.

   _____

9. Yo quiero comprar un buen vino chileno para mi abuelo, pero una botella cuesta treinta dólares y yo sólo tengo diez dólares en la billetera.

   _____

10. Vamos a estar en Chile sólo tres días más. Salimos para México el domingo.

    _____

¡*Continuemos!* • Lección 3 33

II. El pretérito contrastado con el imperfecto

Vuelva a escribir esta información, que ahora pertenece al pasado. Use el pretérito o el imperfecto.

Son las siete cuando Julia se levanta. Se baña, se viste y sale de su casa a las ocho. Llueve y hace frío. Llega a la oficina a las ocho y media y le pregunta a la secretaria si hay mensajes para ella. La secretaria le dice que hay cinco, y que todos son de la señora Aguilar. La señora Aguilar es una mujer muy lista y eficiente. Julia la llama por teléfono y después se pone a trabajar.

Son las seis cuando termina su trabajo y toma el ómnibus para ir a su casa. Le duele la espalda y se siente cansada. Cuando va para su casa, ve un accidente en la calle siete. El ómnibus está en esa esquina por unos diez minutos y luego sigue su viaje. Julia llega a su casa y cena.

A las once de la noche, Julia se acuesta, pero no duerme muy bien porque le duele la cabeza toda la noche.

_____

_____

_____

_____

_____

_____

_____

_____

_____

_____

_____

_____

_____

_____

_____

_____

_____

III. Verbos que cambian de significado en el pretérito

Las preguntas de Octavia Octavia quiere saber todo lo que pasa en la vida de sus amigos. Escriba Ud. las preguntas de Octavia, usando el pretérito o el imperfecto de **saber, conocer, poder** o **querer.**

Modelo: ¿Tú sabías que ella vivía con sus padres?
Sí, yo estaba enterada de que ella vivía con sus padres.

1. ¿_____?

Sí, Oscar y yo éramos amigos.

2. ¿ _____?

¿Ana? Sí, me la presentaron anoche.

3. ¿ _____?

No, porque el lunes tuve que trabajar. ¿El profesor dio un examen?

4. ¿ _____?

No, yo no tenía ganas de ir a la fiesta, pero tuve que ir.

5. ¿ _____?

Me enteré de que Luis era casado anteayer.

6. ¿ _____?

No, yo no estaba enterado de que Pedro trabajaba para esa compañía.

7. ¿ _____?

No, Carlos prefirió no ir a Lima.

8. ¿ _____?

No, a Carmen no le era posible asistir a todas las clases.

IV. Los pronombres relativos

La mujer misteriosa

Ángel y Marcela están tratando de averiguar quién era la mujer que vieron en el parque la semana pasada. Complete el diálogo, usando **que, quien, cuyo(a)** o **cuyos(as)**.

ÁNGEL: —Oye, ¿quién era esa mujer _____ estaba hablando con el profesor Vega el

sábado pasado?

MARCELA: —No sé, pero yo creo que es la autora de los libros _____ estamos leyendo en

clase.

ÁNGEL: ¡Ajá! La foto _____ aparece en el libro se le parece...

MARCELA: —Sí, pero la mujer con _____ él estaba hablando parece mayor...

ÁNGEL: —¡Qué inocente eres! Todas las personas famosas _____ fotos se publican son

mayores de lo que parecen.

MARCELA: —Tienes razón... Pero la autora de _____ él nos habló vive en Madrid.

ÁNGEL: —¡Y la mujer _____ vimos en el parque probablemente vino a Chile en avión!

¡Hay aviones _____ vuelan de Madrid a Santiago!

MARCELA: —¡No seas sarcástico! Además... Ahora que recuerdo yo la vi en el mercado con él y dos

niños _____ probablemente eran sus hijos...

ÁNGEL: —Entonces, ¿la señora _____ estaba en el parque era su esposa?

V. Expresiones de tiempo con *hacer*

Ésta es una entrevista que Rubén Lacasa le hace a Luz Fuentes, una estudiante venezolana que está estudiando en Chile. Aquí aparecen las respuestas de Luz. Escriba Ud. las preguntas.

RUBÉN: ¿_____?

LUZ: Hace dos años que estoy en Santiago.

RUBÉN: ¿_____?

LUZ: Hace tres años que llegué a Chile, pero viví un año en Concepción.

RUBÉN: ¿_____
_____?

LUZ: Hacía ocho meses que estaba en Chile cuando decidí mudarme a Santiago.

RUBÉN: ¿_____?

LUZ: Hace solamente cuatro meses que mi novio y yo nos conocemos, pero pensamos casarnos pronto.

RUBÉN: ¿_____?

LUZ: No, no es chileno; es peruano.

RUBÉN: ¿_____?

LUZ: Él llegó a Chile hace seis años.

RUBÉN: ¿_____
_____?

LUZ: Hacía tres meses que me conocía cuando me propuso matrimonio.

RUBÉN: ¡Felicidades para los dos!

VI. En general

Éstos son trozos de conversaciones que se oyen. Complételos, usando el equivalente español de las palabras que aparecen entre paréntesis.

1. —¿Amalia _____ cuando fuiste a Viña del Mar? (*served as a guide for you*)

—Sí, y _____ y la gente. (*I loved the beaches*)

—¿Fuiste en marzo?

—Sí, y _____ a veces, nadamos todos los días. (*in spite of the fact it was cold*)

—¿Cuánto tiempo _____ en Viña del Mar? (*did you stay*)

—Dos semanas. El veinte de marzo _____ a Buenos Aires. (*I had to return*)

2. —¿Cuánto dinero _____ después de comprar la tienda de campaña?
(*do you have left*)

—Cincuenta dólares. Voy a comprar una caña de pescar para mi padre.

_____. (*He likes fishing very much*)

—Yo siempre _____ con mi papá cuando

_____ chico. (*used to go fishing / I was*)

3. —¿_____ para el partido de básquetbol, Paquito? (*Did you get the tickets*)

—No, _____ ir al estadio porque ayer

_____ todo el día. (*I wasn't able / my head hurt*)

—¿Y tu hermano? ¿_____ ayer? (*what did he do*)

—Él volvió a Concepción _____. (*two days ago*)

VII. Palabras problemáticas

¿Qué decimos? Escoja las palabras apropiadas para terminar cada aseveración.

1. Ayer Teresa (realizó, se dio cuenta de) que le faltaban diez dólares para poder comprar las entradas.

2. No pude ir al partido. Tuve que (perderlo, perdérmelo).

3. Andrés (faltó, perdió) a clase el jueves pasado para ir a una carrera de autos.

4. Yo (echo de menos, falto) a mis abuelos, que viven en Madrid.

5. Pedro (perdió, se perdió) el avión y no puede viajar hasta mañana.

6. Yo sé que hay organizaciones que (se dan cuenta, realizan) una gran labor.

VIII. Crucigrama

1. Ayer compré una tienda de _____.
3. opuesto de **perder**
5. hombre que entrena
6. lugar donde se juega al fútbol
7. hacer un comentario
8. no irse
9. Necesito una caña de _____.
13. básquetbol
15. relativo al deporte
16. lo que vemos cuando boxean
17. Practica esquí _____.
18. La necesitamos para jugar al fútbol, por ejemplo.
20. persona que practica gimnasia
21. mujer que nada
22. Olimpiadas: Juegos _____
23. deporte que practican los que nadan

2. Escalamos una _____ ayer.
4. Le gusta la lucha _____.
5. persona que siempre está enferma
10. Fuimos a montar a _____.
11. opuesto de **parado**
12. Vimos una _____ de caballos.
14. Practican _____ libre.
17. persona que practica deportes
19. lugar donde vemos carreras de caballos

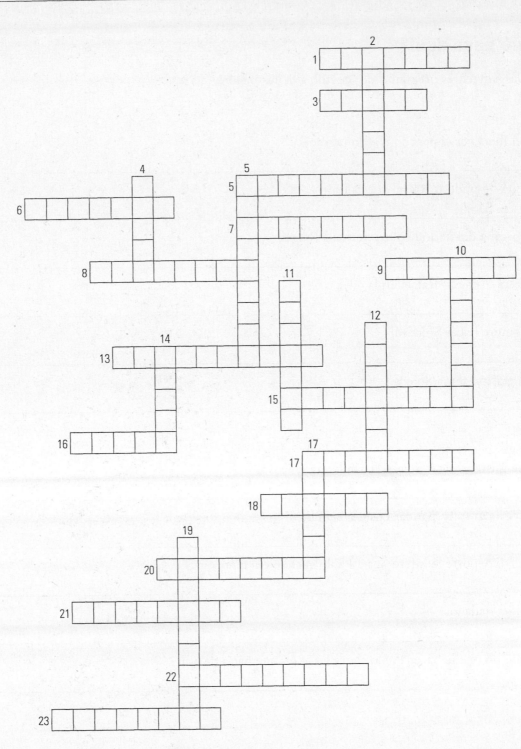

IX. ¿Qué pasa aquí?

Conteste las siguientes preguntas de acuerdo a la ilustración.

A.

1. ¿Rafael fue a ver el partido o se lo perdió?

   _____

2. ¿Por qué no pudo ir Rafael al estadio?

   _____

3. ¿Qué página del periódico le interesa a Rafael?

   _____

4. ¿Qué está mirando Rafael en la tele?

   _____

5. ¿Qué quiere hacer Soledad?

   _____

6. ¿Qué decisión toma Soledad?

   _____

B.

7. ¿Qué le gustaba jugar a Pablo cuando era chico?

   _____

8. ¿A Pablo le gustaba patinar cuando era chico?

   _____

9. ¿Qué otro deporte le interesaba a Pablo cuando era niño?

   _____

10. ¿Era buen nadador?

    _____

11. ¿Por qué no puede hacer Pablo ahora las cosas que hacía de niño?

    _____

¡Continuemos! • **Lección 3**   41

C.

12. ¿A Lidia le gustaban las actividades al aire libre cuando era chica?

_____

13. ¿Iba a pescar a veces? ¿Qué necesitaba para hacerlo?

_____

14. ¿Lidia dormía en una cabaña cuando iba a acampar?

_____

15. ¿Qué sabía hacer Lidia cuando era niña?

_____

16. ¿Por qué no tiene tiempo Lidia de hacer todo eso ahora?

_____

D.

17. ¿Qué tenista obtuvo una gran victoria ayer?

_____

18. ¿Es la primera vez que gana?

_____

19. ¿Cómo terminó el partido entre Los tigres y Los cóndores?

_____

20. ¿Cuántos goles marcaron Los tigres?

_____

21. ¿Qué equipos jugaron al básquetbol ayer?

_____

22. ¿Fue un partido reñido?

_____

23. ¿Qué equipo venció?

_____

X. El mundo hispánico: Chile, Perú y Ecuador

Repase "El mundo hispánico" en las páginas 87–88 de *¡Continuemos!* y complete lo siguiente.

1. Chile está situado entre _____ y _____.

2. Extensión: _____ kms. de norte a sur y _____ kms. de este a oeste (de ancho)

3. Exportación: _____ (especialmente cobre y _____)

4. Capital: _____

5. Población de la capital: _____

6. Lugares donde se esquía: _____ y _____

7. En Viña del Mar se celebra el _____.

8. País que está al norte de Chile: _____

9. Capital del país: _____

10. Antigua capital de los incas: _____

11. Famosas ruinas de los incas: _____

12. País que está al norte de Perú: _____

13. Capital de ese país: _____

14. La capital está situada en la línea del _____.

15. Isla importante para la ecología: _____

Para escribir   Escriba dos o tres párrafos sobre sus deportes favoritos y las actividades al aire libre que le gustan (o que no le gustan).

_____
_____
_____
_____
_____
_____
_____
_____
_____
_____
_____
_____

LECCIÓN 3

Actividades para el laboratorio

I. Estructuras gramaticales

A. Answer the questions in the affirmative. The speaker will verify your response. Repeat the correct answer.

B. Answer the questions, using the cues provided and omitting the subject. The speaker will verify your responses. Repeat the correct answer.

C. Answer the questions, using the cues provided. Use the subjects in your answers. The speaker will verify your response. Repeat the correct answer.

D. Answer the questions, using the cues provided. The speaker will verify your response. Repeat the correct answer.

II. Diálogos

Each dialogue will be read twice. Pay close attention to the content of the dialogue and also to the intonation and pronunciation patterns of the speakers.

Now listen to dialogue 1.

ALICIA: Hola, Hugo. ¿Cuánto tiempo hace que me esperas?
HUGO: Hace unos diez minutos. Estaba leyendo la página deportiva.
ALICIA: ¿Quién ganó la pelea anoche?
HUGO: Mario López. Él es el nuevo campeón. ¡Alicia! Yo no sabía que te gustaba el boxeo...
ALICIA: ¡Me encanta! También me gusta la lucha libre. ¡Y el fútbol!
HUGO: ¿Sí? Esta noche juega el equipo de fútbol de mi universidad. ¿Quieres ir?
ALICIA: ¡Por supuesto! Es mi deporte favorito.
HUGO: ¡Perfecto! Vengo a buscarte a las cinco.

Ejercicio de comprensión

The speaker will now ask you some questions based on the dialogue. Answer each question, always omitting the subject. The speaker will verify your response. Repeat the correct answer.

Now listen to dialogue 2.

CÉSAR: Ester, Verónica y Marcos nos invitaron a ir con ellos a acampar el viernes.
ESTER: Pero tú no aceptaste, ¿verdad? ¡César! ¡Tú sabes que a mí no me gusta acampar!
CÉSAR: Pero esta vez vamos a divertirnos mucho. Vamos a montar a caballo...
ESTER: Prefiero ir al teatro...
CÉSAR: Ir al teatro es aburrido... Ester... ¿por qué no te gustan las actividades al aire libre? ¡Eres mi esposa!
ESTER: (*Se ríe*) ¡Muy bien! Tengo una idea: Este fin de semana vamos a acampar y el próximo viernes vamos al teatro. ¡Y el sábado vamos al museo de arte!
CÉSAR: En ese caso... ¡Tienes que ir a pescar conmigo el domingo!

Ejercicio de comprensión

The speaker will now ask you some questions based on the dialogue. Answer each question, always omitting the subject. The speaker will verify your response. Repeat the correct answer.

Now listen to dialogue 3.

CLAUDIA: ¿Cuándo te lastimaste la pierna, Esteban?
ESTEBAN: Cuando fui de vacaciones con Fernando y Beto.
CLAUDIA: ¿Qué pasó?
ESTEBAN: Fuimos a escalar una montaña y me caí.
CLAUDIA: ¡Pobrecito! Pero, ¿por qué fuiste con ellos? A ti no te gustan las actividades al aire libre...
ESTEBAN: No, pero me convencieron. Después fuimos a bucear.
CLAUDIA: Yo no sabía que te gustaba bucear.
ESTEBAN: ¿Quién te dijo que me gustaba? ¡Me obligaron a ir!
CLAUDIA: (Se ríe) ¿Por qué no te quedaste en el hotel?
ESTEBAN: ¿Qué hotel? Teníamos una tienda de campaña...
CLAUDIA: ¡Ah! ¿Hicieron esquí acuático?
ESTEBAN: Sí, ¡y por poco me mato!
CLAUDIA: ¡Caramba! ¿Ésa fue la primera vez que fuiste con ellos?
ESTEBAN: ¡La primera y la última vez!

Ejercicio de comprensión

The speaker will now ask you some questions based on the dialogue. Answer each question, always omitting the subject. The speaker will verify your response. Repeat the correct answer.

Now listen to dialogue 4.

VICTORIA: ¿Viste el partido de básquetbol, Marcos?
MARCOS: Lo vi en televisión, porque no pude ir al estadio.
VICTORIA: Yo no pude verlo porque Luis y yo fuimos al hipódromo. Un amigo de Luis es el dueño de un caballo de carrera.
MARCOS: Pues te perdiste un partido magnífico.
VICTORIA: ¿Fue reñido?
MARICOS: ¡Ya lo creo! Nuestro equipo ganó ciento dos a noventa y nueve.
VICTORIA: ¿Cuántos puntos marcó Pedro Benítez?
MARCOS: Treinta y ocho. Jugó mejor que nunca.
VICTORIA: ¿Cuándo es el próximo partido?
MARCOS: El próximo viernes.
VICTORIA: No pienso perdérmelo. ¡Ay, no! Es muy tarde para sacar las entradas...
MARCOS: Yo tengo dos: una para mí y otra para mi mejor amiga.
VICTORIA: ¡Perfecto! Y después del partido vamos a cenar. ¡Yo te invito!
MARCOS: ¡Yo acepto!

Ejercicio de comprensión

The speaker will now ask you some questions based on the dialogue. Answer each question, always omitting the subject. The speaker will verify your response. Repeat the correct answer.

III. ¿Lógico o ilógico?

You will hear some statements. Circle **L** if the statement is logical or **I** if it is illogical. The speaker will verify your response.

1. L I	4. L I	7. L I	10. L I	13. L I
2. L I	5. L I	8. L I	11. L I	14. L I
3. L I	6. L I	9. L I	12. L I	15. L I

IV. Pronunciación

When you hear the number, read the corresponding sentence aloud. The speaker will then read the sentence correctly. Repeat it again.

1. Están leyendo el periódico y comentando la página deportiva.
2. Ganó nuestro equipo favorito.
3. Él se fue a Portillo a esquiar.
4. La última vez que esquiamos juntos por poco se mata.
5. Paco se cree un gran atleta.
6. Le encantan las actividades al aire libre.
7. La tenista Patricia Serna obtuvo una gran victoria sobre Marisa Beltrán.
8. El entrenador del equipo español está furioso.

V. Para escuchar y escribir

Tome nota

You will hear a brief sports broadcast. First listen carefully for general comprehension. Then, as you listen for a second time, fill in the information requested.

NOTICIAS DEPORTIVAS

Comentarista deportivo: _____

Boxeo:

Ganador: _____

Perdedor: _____

Fútbol:

Equipos: 1. _____

2. _____

Resultado: _____

Próximo partido: entre _____

y _____

Día: _____ Hora: _____

Natación:

Competencia celebrada en: _____

Ganadora: _____

País: _____

Segundo lugar: _____

País: _____

Básquetbol:

Equipos: 1. _____

             2. _____

Equipo ganador: _____

Dictado

The speaker will read each sentence twice. After the first reading, write what you heard. After the second reading, check your work and fill in what you missed.

1. _____
   _____

2. _____
   _____

3. _____
   _____

4. _____
   _____

5. _____
   _____

6. _____
   _____

LECCIÓN 4

Actividades para escribir

I. Comparativos de igualdad y de desigualdad

Los hermanos Ríos   Lea esta información sobre los hermanos Ríos y haga comparaciones entre ellos.

Susana y Fernando Ríos son hermanos. Ella tiene veinte años y él tiene diecisiete años. Ella mide 5' 9" y él mide 6' 3". Carlitos es el hermano de Susana y Fernando. Él tiene quince años y tiene una colección de discos compactos. En total, tiene 315 discos compactos. Susana tiene unos 200 discos compactos.

Susana y Fernando hablan francés. Ella lo habla muy bien, pero él no lo habla muy bien.

1. Susana es _____ Fernando.

   Él es tres años _____ ella.

   Carlitos es _____ los tres.

   Susana es _____ los tres.

2. Susana es alta, pero Fernando es _____ ella.

3. Carlitos tiene _____ trescientos discos compactos.

   Susana no tiene _____ discos compactos

   _____ Carlitos.

4. Fernando no habla francés _____ Susana. Ella lo habla

   _____ él.

II. Usos de las preposiciones *por* y *para*

Rumbo a Buenos Aires   Elena y su amiga planean un viaje a Buenos Aires. Usando **por** o **para**, complete esta información según convenga.

1. Como puedo viajar este mes y me encanta Buenos Aires, el sábado salgo

   _____.

2. Los pasajes a Buenos Aires no son baratos, de modo que voy a tener que pagar dos mil dólares

   _____.

3. Sandra va conmigo. Ella no es argentina pero habla tan bien el español que la van a tomar

   _____.

4. Tenemos un mes de vacaciones y queremos pasarlo en Buenos Aires. Vamos a quedarnos en Buenos

   Aires _____.

5. Vamos a necesitar mucho dinero en Buenos Aires... _____ dos
   mil dólares...

6. Viajar a Buenos Aires me va a costar más de tres mil dólares pero,

   _____ como ése, no es mucho dinero.

7. Tengo amigos en Buenos Aires, de modo que compré algunos regalos

   _____.

8. Quiero comprarle un vestido a mi amiga Celia. Yo no tenía la medida de ella, pero

   _____ su mamá me la mandó.

9. Ayer yo iba a llevar a mis sobrinos a la playa, pero llovió. No pudimos ir

   _____.

10. Mis sobrinos lloraron todo el día. ¡No era _____!

11. Anoche trabajé hasta las diez, pero no pude terminar. El trabajo está

    _____.

12. Antes de viajar quiero terminar de leer la novela *El viejo y el mar*, que fue escrita

    _____.

13. El viernes no tengo que trabajar y _____ voy a poder hacer las

    maletas. ¡_____ voy a estar lista!

14. Tengo que hablar con Sandra. Antes de acostarme, la voy a llamar

    _____.

15. La hermana de Sandra nos va a llevar al aeropuerto. A las ocho ella va a venir

    _____.

16. Yo les digo a mis amigos que quizás voy a quedarme en Buenos Aires

    _____.

III. El modo subjuntivo

Tía Rosa es muy mandona

Nosotros estamos pasando una semana en casa de tía Rosa, que nos da muchas órdenes. Use el subjuntivo para indicar todas las cosas que ella quiere que hagamos.

Tía Rosa quiere que...

1. yo _____ (limpiar) la cocina.

2. Claudia _____ (ir) al banco.

3. tú _____ (poner) la mesa.

4. nosotros _____ (traer) fruta del mercado.

5. María _____ (hacer) las camas.

6. Tito _____ (sacar) la basura.

7. Ana y Luis _____ (abrir) las ventanas.

8. Uds. _____ (conseguir) la dirección de Eva.

9. yo _____ (estar) lista a las seis.

10. tú _____ (servir) el almuerzo.

11. nosotros _____ (volver) temprano.

12. Claudia _____ (llegar) a casa temprano.

13. Uds. _____ (empezar) a lavar los platos.

14. Tito _____ (conducir) su auto.

15. Ana y Luis _____ (practicar) el piano.

16. María _____ (tener) paciencia con su tía.

17. tío Leo _____ (ser) obediente.

18. todos nosotros _____ (obedecer) sus órdenes.

IV. El subjuntivo con verbos o expresiones de voluntad o deseo

El mundo universitario — En el mundo universitario, los profesores, los consejeros y los estudiantes dan sugerencias y recomendaciones o expresan su voluntad o deseo todos los días. Indique Ud. esto, completando lo siguiente.

A. Las órdenes de los profesores:

1. escribir informes
2. ser puntuales
3. estar preparados
4. tomar buenos apuntes
5. venir a todas las clases
6. buscar información en la Red

Los profesores nos exigen que...

1. _____
2. _____
3. _____
4. _____
5. _____
6. _____

B. Las recomendaciones de los consejeros:

1. traer el horario de clases
2. pedir una cita
3. matricularse temprano
4. llamarlos por teléfono
5. seguir un plan de estudios
6. ir al centro de aprendizaje (*learning center*)

Los consejeros les recomiendan que...

1. _____
2. _____
3. _____
4. _____
5. _____
6. _____

C. Las sugerencias de los estudiantes:

1. reunirse con ellos fuera de la clase
2. darles explicaciones lógicas
3. contestar preguntas en la clase
4. explicar los puntos difíciles
5. corregir los exámenes en seguida
6. saber los nombres de los estudiantes

Los estudiantes sugieren que cada profesor...

1. _____
2. _____
3. _____
4. _____
5. _____
6. _____

D. Lo importante:

1. pasar mucho tiempo en la biblioteca
2. tener el número de teléfono de varios compañeros
3. no faltar a clase
4. comunicarse con los profesores
5. hacer la tarea todos los días
6. mantener un buen promedio

Si eres un estudiante universitario, todos te van a decir que es importante que tú...

1. _____
2. _____
3. _____
4. _____
5. _____
6. _____

V. El subjuntivo con verbos o expresiones impersonales de emoción

¡Tengo noticias!

Ésta es una carta que Beatriz, una prima de Isabel, le escribe para contarle todas las cosas que están pasando en Villarrica, la ciudad en que ella vive con sus padres y sus hermanos. Léala Ud., y luego complete la carta de Isabel, según las circunstancias de cada persona.

Querida Isabel:

En tu última carta me preguntas qué hay de nuevo. ¡Mucho! Lo primero es que estoy trabajando en una empresa de exportaciones y gano un buen sueldo. Espero poder terminar mis estudios en noviembre.

Fernando está enfermo. Creo que tiene gripe. ¿Te acuerdas de Eva, la chica que vive al lado de casa y a quién él odiaba? ¡Fernando piensa casarse con ella! ¿Crees que van a ser felices?

¡Ah! Roberto no se gradúa este año porque tiene que empezar a trabajar. Espera tener suficiente dinero para febrero, y no tener que trabajar. ¡Vamos a ver!

Mamá va a Buenos Aires la semana próxima. Como sabes, papá está trabajando allí, a pesar de que él prefiere vivir en Villarrica.

Bueno, me despido por hoy.

Un abrazo,

Beatriz

Querida Beatriz:

Me alegro de que _____ en la empresa ¡Es una suerte que

_____! Espero que en noviembre _____.

Siento que Fernando _____; la gripe es terrible. Me sorprende que Fernando y Eva _____. ¡Es de esperar que ellos

_____!

Es una lástima que Roberto _____ con sus compañeros. Ojalá que para febrero _____ para dedicarse exclusivamente a los estudios.

Me alegro de que tu mamá _____. Me sorprende que tu papá

_____, después de estar tanto tiempo en Buenos Aires.

Cariños,

Isabel

VI. En general

Lo que oímos   Éstos son trozos de conversaciones que se oyen. Complételos, usando el equivalente español de las palabras que aparecen entre paréntesis.

1. —Carlitos quiere ir con ustedes para ver los fuegos artificiales.

    _____. (*I hope you can take him*)

    —Es mejor que Carlitos _____ porque nosotros vamos a ir al cementerio. (*go with my parents*)

2. —Yo no compré _____ ellos, pero compré dos docenas de velas. (*as many as flowers as*)

    —Yo no compré flores porque son _____ (*extremely expensive*)

3. —Es una lástima que ustedes _____ a pasar la Navidad con nosotros. (*cannot come*)

    —Es que trabajamos en un hotel y aquí estamos _____, de modo que hay muchísima gente. (*in the middle of the summer*)

4. —_____ a Mirta y a los niños. (*I can't wait to see*)

—_____ a visitarte ahora porque no tienen vacaciones.

(*I'm afraid they can't go*)

5. —Me olvidé _____ de que tú necesitabas el dinero en marzo.

(*completely*)

—No importa, puedo esperar, pero _____ la semana próxima.

(*it's necessary that you send it to me*)

VII. Palabras problemáticas

Escoja las palabras apropiadas para terminar cada aseveración o pregunta.

1. La conferencia es sobre (la obra, el trabajo) del autor paraguayo Campos Cervera.

2. Estoy pensando (en, de) mi amiga Marisol.

3. Nosotros (pensamos, pensamos de) ir a visitar la tumba de mi bisabuelo.

4. Hay cien (gentes, personas) que van a participar.

5. (El pueblo paraguayo, la gente paraguaya) celebra el Día de la Virgen de Caacupé el ocho de diciembre.

6. Nosotros tenemos (mucha obra, mucho trabajo) los lunes.

7. Yo creo que (el pueblo, la gente) prefiere pasar el día en la playa cuando hace mucho calor.

8. ¿Qué piensas tú (de, en) lo que está haciendo el presidente?

VIII. Crucigrama

Horizontal

2. Hace frío porque estamos en _____ invierno.

4. Aries es un signo del _____.

5. lo que usan los caballos en las patas

6. una rosa, por ejemplo

7. Hay tumbas allí.

9. nacimiento

11. lo que generalmente se hace con champán

13. Fueron a ver los fuegos _____.

15. Van a tomar _____ en las festividades.

17. Celebran la _____ florida.

18. El treinta y uno de diciembre es la _____ del Año Nuevo.

19. Se ven muchas el día de Halloween.

20. Bugs Bunny es uno.

21. diablo

23. lo que practican las brujas

24. verbo: trabajar; nombre: _____.

25. Es una _____ que no puedas ir conmigo.

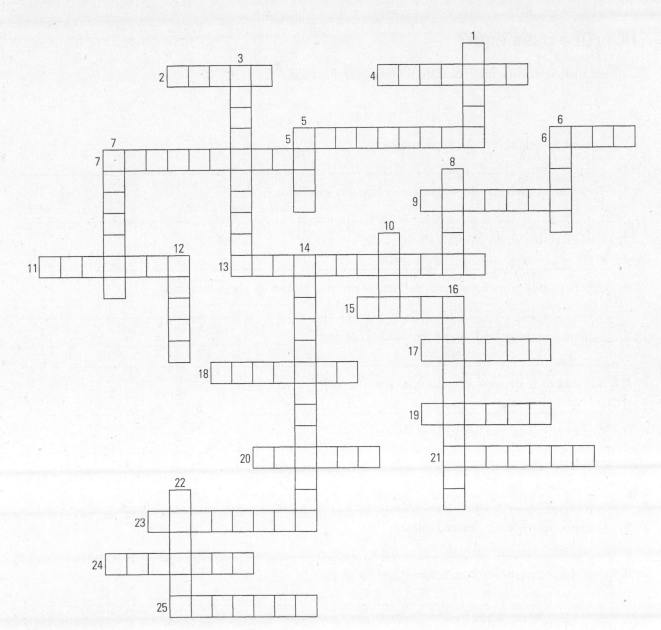

Vertical

1. lo que practican los magos
3. lo que se celebra el 24 de diciembre
5. No veo la _____ de llegar a Asunción.
6. Llegan a _____ de mes; el 29, creo.
7. que no está lejos
8. grupos de personas

10. Los católicos oyen _____ los domingos.
12. El 5 de enero vienen los _____ Magos.
14. El 4 de julio es el Día de la _____.
16. El 14 de febrero es el Día de los _____.
22. Encontré un _____ de cuatro hojas.

IX. ¿Qué pasa aquí?

Conteste las siguientes preguntas de acuerdo a la ilustración.

A.

1. ¿Qué están celebrando estas personas?

   _____

2. ¿Todos están disfrutando de la fiesta o hay una excepción?

   _____

3. ¿Qué están haciendo Marta y Paco?

   _____

4. Estas personas están en un país del hemisferio sur. ¿Están en pleno invierno?

   _____

5. ¿Quiénes están bailando y quiénes están charlando?

   _____

6. ¿Ada está muy interesada en lo que dice Marcos?

   _____

7. ¿Qué quiere Ada que haga Beto?

   _____

B.

8. ¿Qué no ve la hora de hacer Laura?

   _____

9. ¿Qué día muy especial va a celebrar con su mamá?

   _____

10. ¿Qué quiere hacer Mario?

    _____

11. ¿Cree usted que él piensa que es una lástima que no pueda ir?

    _____

12. ¿Cuándo espera poder ir?

    _____

C.

13. ¿En qué espera tomar parte Emilio?

_____

14. ¿Cómo se llama la misa a la que Gloria quiere asistir?

_____

15. ¿Gloria va a ver flores y velas o fuegos artificiales en la iglesia?

_____

16. ¿Usted cree que Gloria y Emilio son protestantes o católicos?

_____

17. ¿Los niños van a ver los pesebres en la Nochebuena o en la Pascua Florida?

_____

D.

18. ¿Usted cree que Ernesto es supersticioso?

_____

19. ¿Qué cosas cree él que le van a traer buena suerte?

_____

20. ¿Cuál es el signo de Ernesto?

_____

21. Para el cumpleaños de Ernesto, ¿usted cree que él prefiere que le regalen un amuleto o un libro de cocina?

_____

X. El mundo hispánico: Paraguay

Repase "El mundo hispánico" en las páginas 113–114 de *¡Continuemos!* y complete lo siguiente.

1. Capital: _____

2. Represa construida sobre el río Paraná: _____

3. Longitud de la represa: _____

4. Cataratas que se encuentran en Paraguay, Argentina y Brasil:

_____

5. Película filmada en las ruinas Jesuíticas:

_____

6. Las ruinas Jesuíticas datan del siglo: _____

7. Las dos culturas que se mezclan en Paraguay:

_____ y _____

8. Tipo de encaje hecho en Paraguay: _____

Para escribir

Vuelva a leer la carta que María Isabel le escribe a Kathy en la página 108 de *¡Continuemos!* y contéstela como si Ud. fuera Kathy. Haga comentarios sobre los planes de María Isabel y dele información sobre su llegada a Asunción.

_____

_____

_____

_____

_____

_____

_____

_____

_____

_____

_____

_____

LECCIÓN 4

Actividades para el laboratorio

I. Estructuras gramaticales

A. The speaker will ask you about several members of a very big family. Respond, following the model. The speaker will verify your response. Repeat the correct answer.

> **Modelo:** ¿Eva es tan alta como Luisa?
> *No, Luisa es mucho más alta que Eva. Es la más alta de la familia.*

B. Answer the questions according to what sounds more logical. The speaker will verify your responses. Repeat the correct answer.

C. Answer each question you hear, using the cues provided and either **por** or **para**. The speaker will verify your response. Repeat the correct answer. Follow the model.

> **Modelo:** ¿Cómo hablas con él? (teléfono)
> *Hablo con él por teléfono.*

D. Answer the questions, using the cues provided. The speaker will verify your response. Repeat the correct answer. Follow the model.

> **Modelo:** ¿Qué quieres que haga con las flores? (ponerlas en la mesa)
> *Quiero que las pongas en la mesa.*

E. React to each statement, using the cues provided. The speaker will verify your response. Repeat the correct answer. Follow the model.

> **Modelo:** Mi mamá está enferma. (sentir)
> *Siento que tu mamá esté enferma.*

II. Diálogos y narración

Each dialogue will be read twice. Pay close attention to the content of the dialogue and also to the intonation and pronunciation patterns of the speakers.

Now listen to dialogue 1.

INÉS:	Hola, Roberto. ¿En qué estás pensando?
ROBERTO:	Hola, Inés. Estoy pensando en la fiesta de fin de año. Espero que tú y yo podamos ir juntos.
INÉS:	¡Por supuesto! No veo la hora de estar con todos nuestros amigos... bailar... brindar con sidra...
ROBERTO:	Espero que esta fiesta sea tan divertida como la del año pasado. ¿Recuerdas?
INÉS:	¡Sí! Fue la mejor fiesta del año. Ojalá que tengan la misma orquesta.
ROBERTO:	Por desgracia, no puede ser. Esa orquesta está en otra ciudad. Oye, ¿a qué hora quieres que pase por ti?
INÉS:	A las nueve. Es mejor llegar temprano.
ROBERTO:	A las nueve estoy en tu casa.

Ejercicio de comprensión

The speaker will now ask you some questions based on the dialogue. Answer each question, always omitting the subject. The speaker will verify your response. Repeat the correct answer.

Now listen to dialogue 2.

ESTELA: Bill, ¿ya tienes toda la información que necesitas sobre las costumbres hispanas?

BILL: No, necesito tu ayuda.

ESTELA: Muy bien, ¿qué deseas saber?

BILL: ¿Cuáles son las celebraciones de origen religioso?

ESTELA: Hay muchas, pero las más importantes son la Navidad, las fiestas del santo patrón del pueblo y la Semana Santa.

BILL: Las procesiones de Semana Santa más famosas son las de Sevilla, ¿verdad?

ESTELA: Es verdad. Son extraordinarias.

BILL: ¡Oye! ¿Dónde celebran la famosa feria de San Fermín?

ESTELA En la ciudad de Pamplona, y a ella asisten no sólo los españoles sino miles de extranjeros. Bueno, tengo que irme. ¿Tienes más preguntas?

BILL: Ahora no, pero por si acaso quiero preguntarte algo, ¿vas a estar en tu casa por la tarde?

ESTELA: Sí, espero estar allí después de las tres.

BILL: Entonces, voy a empezar a escribir mi informe. Ojalá que pueda encontrar más información en la biblioteca.

Ejercicio de comprensión

The speaker will now ask you some questions based on the dialogue. Answer each question, always omitting the subject. The speaker will verify your response. Repeat the correct answer.

Now listen to the narration.

A continuación, en nuestra sección especial de hoy, tenemos con nosotros a la distinguida astróloga "Soraya" que va a hablarnos sobre las características personales de las personas nacidas en esta fecha.

SORAYA: Las personas nacidas en esta fecha pertenecen al signo de Virgo. Su planeta es Mercurio, su piedra es el zafiro y su color es el azul.

Las personas del signo de Virgo son perfeccionistas y tienen una gran capacidad de trabajo. Prefieren los trabajos de tipo intelectual, son generosos y siempre tratan de ayudar a los demás. Un defecto de los nativos de Virgo es la tendencia a criticar.

Las predicciones para ellos este mes son las siguientes: Sus problemas económicos van a desaparecer. Este mes es favorable para viajar. Van a conocer a alguien que les va a traer felicidad y que va a ser muy importante en su vida. Pueden presentarse problemas de salud en este mes, pero no van a ser graves. Deben descansar más y no se deben preocupar. Días desfavorables... Ninguno.

Ejercicio de comprensión

The speaker will now ask you some questions based on the narration. Answer each question, always omitting the subject. The speaker will verify your response. Repeat the correct answer.

Now listen to dialogue 3.

OLIVIA: Hola, Fernando. Me alegro de verte.

FERNANDO: Hola, Olivia. ¿Qué tal?

OLIVIA: Bien. ¿Qué estás haciendo?

FERNANDO: Estoy tratando de envolver un regalo para Mireya. ¿Quieres ayudarme? Hoy es el Día de los Enamorados.

OLIVIA: Sí. ¿Qué le vas a regalar?

FERNANDO: Un amuleto, una herradura y una pata de conejo. Quiero que tenga buena suerte.

OLIVIA: ¡Fernando! ¡No sabía que eras tan supersticioso!

FERNANDO: Bueno... es que Mireya tiene una entrevista para un puesto mañana... y está un poco nerviosa porque hay muchas personas que solicitaron el trabajo.

OLIVIA: Bueno, Mireya tiene mucha experiencia y es inteligentísima. Por eso va a conseguir el puesto.

FERNANDO: ¡Tienes razón! ¡Por supuesto! Oye, ¿tú sabes dónde puedo conseguir un trébol de cuatro hojas?

Ejercicio de comprensión

The speaker will now ask you some questions based on the dialogue. Answer each question, always omitting the subject. The speaker will verify your response. Repeat the correct answer.

III. ¿Lógico o ilógico?

You will hear some statements. Circle **L** if the statement is logical or **I** if it is illogical. The speaker will verify your response.

1. L I	4. L I	7. L I	10. L I	13. L I
2. L I	5. L I	8. L I	11. L I	14. L I
3. L I	6. L I	9. L I	12. L I	15. L I

IV. Pronunciación

When you hear the number, read the corresponding sentence aloud. The speaker will then read the sentence correctly. Repeat it again.

1. Hoy se celebra aquí el Día de Todos los Santos.

2. Allá llevan flores, velas y comida y pasan la noche en el cementerio.

3. Eso es más interesante que lo que hacemos aquí.

4. Tú piensas llegar a Asunción el veintiocho de noviembre.

5. Vas a disfrutar de una cena típicamente paraguaya.

6. No es sopa, sino una especie de pan de maíz.

7. Vamos a brindar con sidra y vamos a ver muchos fuegos artificiales.

8. Es una lástima que no puedas quedarte hasta el seis de enero.

V. Para escuchar y escribir

Tome nota

You will hear a student give an informal presentation about customs in his country. First listen carefully for general comprehension. Then, as you listen for a second time, fill in the information requested.

Nombre del estudiante _____

País del estudiante _____

Tema de la charla _____

_____

El Día de la Virgen de Caacupé

Fecha _____

Maneras en que se celebra _____

_____

La Navidad

Fecha _____

Maneras en que se celebra _____

_____

Cosas que se ven, de influencia norteamericana _____

_____

Otras celebraciones _____

_____

_____

_____

Dictado

The speaker will read each sentence twice. After the first reading, write what you heard. After the second reading, check your work and fill in what you missed.

1. _____

_____

2. _____

_____

3. _____

_____

4. _____

_____

5. _____

_____

6. _____

_____

LECCIÓN 5

Actividades para escribir

I. El imperativo: Ud. y Uds.

Adiós a las grasas

La salud de Benito no es muy buena. Necesita perder peso, comer comida más nutritiva y hacer ejercicio. Ahora está hablando con su médico, que le dice lo que debe hacer. Complete la siguiente conversación usando el imperativo.

BENITO: Doctor, _____ (darme) una dieta especial y _____ (decirme) qué ejercicios debo hacer. Para empezar, ¿me pongo a dieta?

DR. PAZ: No, _____ (no ponerse a dieta). _____ (Tener) una dieta balanceada, _____ (disminuir) el consumo de grasas y _____ (beber) mucha agua. _____ (Hacer) algún ejercicio ligero.

BENITO: Mi esposa también quiere bajar de peso...

DR. PAZ: _____ (Ir) a caminar juntos o _____ (hacerse) socios de un gimnasio.

BENITO: A ella no le gusta caminar.

DR. PAZ: _____ (Ser) paciente con ella y _____ (no obligarla) a hacer nada. _____ (Invitarla) a bailar, por ejemplo... _____ (Conseguir) discos de música latina...

BENITO: ¿Y qué hago con la dieta? Mi esposa no es muy buena cocinera.

DR. PAZ: ¡_____ (No quejarse)! _____ (Aprender) Ud. a preparar platos nutritivos.

BENITO: Bueno, voy a tratar. ¿Cuándo vuelvo, Dr. Paz?

DR. PAZ: _____ (Volver) dentro de un mes. _____ (Pedir) una cita para agosto. Y _____ (recordar): ¡_____ (Dejar) la mesa y _____ (ponerse) a bailar!

II. El imperativo de la primera persona del plural

Pongámonos de acuerdo

Benito y su esposa, Rita, están tratando de decidir lo que van a hacer para ponerse en forma, pero cuando él propone algo, ella dice que no y propone algo diferente. Usando la información dada, escriba lo que dice Rita.

Modelo: ¿Por qué no comemos pescado? (pollo)
No, no comamos pescado; comamos pollo.

1. ¿Por qué no nos hacemos socios del club Alfa? (el club Beta)

   No, _____

   _____.

2. ¿Por qué no nos ponemos a dieta esta semana? (la semana próxima)

   No, _____

   _____.

3. ¿Por qué no preparamos una ensalada de lechuga? (de repollo)

   No, _____

   _____.

4. ¿Por qué no vamos al mercado esta noche? (ahora mismo)

   No, _____

   _____.

5. ¿Por qué no servimos chuletas para la cena? (sopa de cebolla)

   No, _____

   _____.

6. Mañana, ¿por qué no nos levantamos a las seis para ir a caminar? (a las cinco)

   No, _____

   _____.

III. El subjuntivo para expresar duda, incredulidad y negación

Mario y Lucía

Lucía no cree nada de lo que dice Mario y él asegura que no es verdad nada de lo que ella dice. Exprese Ud. esto después de cada aseveración por parte de ellos. (No creo que Mario... / No es verdad que yo...)

A. Las dudas de Lucía en cuanto a lo que dice Mario:

1. Yo le hago caso al médico.

   _____

2. Yo estoy perdiendo peso.

   _____

3. Yo me mantengo en forma.

   _____

66   **Actividades para escribir**

4. Yo voy al gimnasio todos los días.

_____

5. Yo como mucho apio.

_____

6. Yo camino todos los días.

_____

7. Yo me levanto a las cinco.

_____

8. Yo sé todas las reglas.

_____

9. Yo soy muy disciplinado.

_____

10. Yo le digo la verdad al médico.

_____

B. Mario niega lo que dice Lucía:

1. Mario tiene el colesterol muy alto.

_____

2. Mario quiere ser un superhombre.

_____

3. Mario se cree muy joven.

_____

4. Mario no puede adelgazar.

_____

5. Mario se acuesta muy tarde.

_____

6. Mario siempre me da lata.

_____

7. Mario mide cinco pies seis pulgadas.

_____

8. Mario no me deja en paz.

_____

9. Mario sigue comiendo pasteles.

_____

10. Mario bebe mucha cerveza.

_____

IV. El subjuntivo para expresar lo indefinido y lo inexistente

Quejas de un experto en nutrición

Miguel Soldán, un experto en nutrición, se está quejando porque su trabajo no es fácil. La gente quiere perder peso, pero no quiere hacer ningún sacrificio. Complete lo que él dice, usando el presente de subjuntivo o el presente de indicativo de los verbos dados.

1. Hay mucha gente que _____ perder peso, pero no hay nadie que
_____ contar calorias. (*want / want*)

2. ¿Hay alguien que _____ preparar algo sabroso con apio y pepino? ¡Por supuesto que hay muchas personas que _____ preparar comida que engorda... (*knows / know*)

3. Conozco a muchas personas que _____ tratando de adelgazar, pero no conozco a nadie que _____ tratando de engordar. (*are / is*)

4. ¡Hay un montón de artículos que le _____ a la gente lo que debe hacer, pero no hay ninguno que le _____ cómo tener ganas de hacerlo! (*tell / tell*)

5. Entre mis colegas, hay muchos que me _____ lata, pero no hay ninguno que me _____ las soluciones que necesito. (*give / give*)

6. Hay muchas comidas que _____ una buena fuente de energía, pero no hay muchas que _____ buenas para adelgazar. (*are / are*)

7. Hay muchos programas que _____ a la gente a comprender la importancia de tener buena salud, pero no hay muchos que _____ a la gente a cambiar de actitud.
(*help / help*)

8. Yo busco clientes que _____ abandonar algunos malos hábitos, pero sólo encuentro clientes que _____ sentirse entusiasmados al comenzar el programa. (*can / can*)

V. Expresiones que requieren el subjuntivo o el indicativo

El mensaje de Lucía

Lucía le manda un mensaje electrónico a Delia, la hermana de Mario, para contarle lo que está pasando. Complételo usted, usando el presente de subjuntivo o el presente de indicativo de los verbos dados.

Mario tiene el colesterol alto, y no va a bajarlo a menos que _____ (hacer) lo que le dice el médico. Yo voy a tener que ayudarlo para que él _____ (poder) seguir sus instrucciones en cuanto a la dieta. Todos los días, en cuanto Mario _____ (llegar) a casa, come un sándwich y un pedazo de pastel. Hoy, cuando _____ (venir) a casa, se va a encontrar con un pedazo de pollo y una ensalada. Yo lo voy a supervisar hasta que él _____ (aprender) a comer bien.

En cuanto mi jefe me _____ (dar) vacaciones, Mario y yo vamos a ir a verte. Te voy a avisar cuándo, a fin de que tú _____ (estar) preparada. Te voy a mandar unas recetas, en caso de que tú no _____ (tener) idea de lo que él puede comer. De esa manera,

puedes tener todo listo antes de que él te _____ (convencer) que puede comer como

cuando tenía veinte años. ¡Te aseguro que Mario no va a obedecer a su médico sin que tú y yo lo

_____ (obligar)!

Yo siempre estoy en casa hasta que él _____ (volver) del trabajo, y ceno con él. Tan

pronto como (nosotros) _____ (terminar) de cenar, vamos al parque para caminar.

Te voy a mandar otro mensaje la semana próxima, cuando Mario y yo _____ (saber)

cuándo vamos a ir a tu casa.

Hasta pronto,

Lucía

VI. En general

Lo que oímos   Éstos son trozos de conversaciones que se oyen. Complételos,
usando el equivalente español de las palabras que aparecen
entre paréntesis.

1. —Si quieres _____, tienes que comer bien y hacer ejercicio.

   (*keep young*)

   —No voy a menos que tú _____. (*go with me to the gym*)

2. —Yo te voy a ayudar con tal de que tú _____. (*change your attitude*)

   —Voy a empezar _____. (*right now*)

3. —Tú vas a seguir teniendo problemas de salud _____ la tensión

   nerviosa. (*until you learn to avoid*)

   —Eso no va a suceder hasta que ustedes _____. (*leave me alone*)

4. —Necesito el pastel de manzana, señora. _____ esta tarde.

   (*Bring it to me*)

   —El pastel va a estar listo, pero _____ yo no tengo coche. (*the*

   truth of the matter is that)

   —_____ que me lo traiga ella. (*Tell your daughter*)

5. —Hoy va a haber un baile en el club. _____. (*Let's tell Mariana*)

   —No, _____. Cuando ella va, todos los muchachos quieren

   bailar con ella... (*let's not tell her*)

   —No creo que _____. (*she is so popular*)

6. —José Luis es el más alto de la clase. _____. (*He is six feet, two*

   inches tall)

   —Es verdad que es alto, pero no es verdad que _____ el más alto

   de la clase. (*is*)

VII. Palabras problemáticas

Escoja las palabras apropiadas para terminar cada aseveración.

1. Carlos mide 5' 3". Es muy (corto, bajo).

2. Yo siempre (me hago, me pongo) nerviosa cuando tengo que ir al médico.

3. Rafael (se hizo, se puso) médico para poder ayudar a la gente.

4. La enfermera me hizo preguntas sobre mi dieta, pero fue una entrevista muy (corta, baja).

5. De la noche a la mañana, Amanda (se convirtió, se hizo) en la chica más popular de la escuela.

VIII. Crucigrama

Horizontal

1. Para hacer ejercicio, levanto _____.
3. Quiero un sándwich. Me estoy _____ de hambre.
4. La leche tiene mucho _____.
6. ¿Sales más tarde o ahora _____?
9. seta
10. Está gordo. Se va a poner a _____.
11. Quiero _____ de manzana.
14. perder peso
15. verdura que se usa en ensaladas
17. Una persona sana goza de buena _____.
19. lo que hacemos cuando estamos cansados
22. Ella va a hacerse _____ del club.
23. La pasta tiene _____.
24. pimiento verde
25. hacer un cambio

Vertical

2. Caminar es un tipo de _____.
5. opuesto de aumentar
7. Quiero una _____ de cerdo.
8. La naranja tiene _____ C.
11. Mide seis pies, tres _____.
12. opuesto de viejo
13. Debes tener una dieta _____.
16. verdura favorita de Popeye
18. ¡Déjame en paz! ¡No me des _____!
20. ganar peso
21. tensión nerviosa
23. Por ti hago _____ cosa.

IX. ¿Qué pasa aquí?

Conteste las siguientes preguntas de acuerdo a la ilustración.

A.

1. ¿Usted cree que el doctor Vélez quiere que el Sr. Lobo engorde o adelgace?

   _____

2. ¿Qué tipo de ejercicio le dice el Dr. Vélez que haga?

   _____

3. ¿Qué cosas debe evitar el Sr. Lobo?

   _____

4. ¿Qué piensa hacer el Sr. Lobo?

   _____

5. Si el Sr. Lobo obedece al médico, ¿cree usted que va a ser más sano o que va a tener más problemas de salud?

   _____

B.

6. ¿Qué tiene que comer Nora para que le dé proteína?

   _____

7. ¿Cuál de los alimentos que usted ve aquí le va a dar carbohidratos?

   _____

8. Nora va a obtener calcio con tal de que beba... ¿qué?

   _____

9. ¿Qué vitamina espera obtener Nora cuando come una naranja?

   _____

10. ¿Qué tipo de ejercicio le sugiere su médico que haga?

    _____

C.

11. ¿Usted cree que Jorge mide seis pies, tres pulgadas?

    _____

12. ¿Qué problemas tiene Jorge?

    _____

13. ¿Quién le da lata al pobre muchacho?

    _____

14. Jorge bebe mucho café. ¿Usted le sugiere que aumente o que disminuya el consumo del café?

    _____

D.

15. ¿Mary va a preparar sopa en cuanto llegue a su casa?

_____

16. ¿Qué cree usted que va a preparar?

_____

17. ¿Qué sobró de la cena de anoche?

_____

18. Si Mary está a dieta, ¿cree usted que va a comer eso de postre?

_____

X. El mundo hispánico: Venezuela y Colombia

Repase "El mundo hispánico" en las páginas 151–152 de *¡Continuemos!* y complete lo siguiente.

1. El descubridor de Venezuela: _____

2. Significado de la palabra "Venezuela": _____

3. Famoso salto de Venezuela: _____

4. Número de islas que pertenecen a Venezuela: _____

5. La isla más popular: _____

6. Principal producto de exportación: _____

7. Capital de Venezuela: _____

8. Nombre del libertador de América: _____

9. Capital de Colombia: _____

10. Otras ciudades importantes: _____ y _____

11. Piedra preciosa que se encuentra en Colombia: _____

12. Escritor colombiano que ganó el Premio Nobel de Literatura:

_____

Para escribir   Escriba una lista de las cosas que Ud. va a hacer y de las que va a dejar de hacer para tener muy buena salud.

_____

_____

_____

_____

_____

_____

_____

_____

_____

_____

_____

LECCIÓN 5

Actividades para el laboratorio

I. Estructuras gramaticales

A. The speaker will ask some questions. Respond, using the appropriate command form and the cue provided. The speaker will verify your response. Repeat the correct answer. Follow the model.

> *Modelo:* ¿Cuándo traigo el pastel? (mañana)
> *Tráigalo mañana.*

B. Answer the questions, always choosing the second option. The speaker will verify your responses. Repeat the correct answer.

> *Modelo:* ¿Nos hacemos socios del Club Náutico o del Club Barcelona?
> *Hagámonos socios del Club Barcelona.*

C. The speaker will make statements. Respond by expressing doubt about what's being said. The speaker will verify your response. Repeat the correct answer. Follow the model.

> *Modelo:* Ellos tienen una dieta balanceada.
> *Dudo que ellos tengan una dieta balanceada.*

D. Answer the questions, saying things are doubtful, unlikely, or impossible. The speaker will verify your response. Repeat the correct answer. Follow the model.

> *Modelo:* ¿Ana viene mañana? (difícil)
> *Es difícil que venga mañana.*

E. The speaker will make statements about people in his family. Respond, making statements about your family. The speaker will verify your response. Repeat the correct answer. Follow the model.

> *Modelo:* En mi familia hay muchos que tienen el colesterol alto.
> *En mi familia no hay nadie que tenga el colesterol alto.*

F. Answer the speaker's questions, using the cues provided. Pay special attention to the need for the present indicative or the present subjunctive. The speaker will verify your response. Repeat the correct answer. Follow the model.

> *Modelo:* ¿Cuándo vas a hablar con Beto? (ir al gimnasio)
> *Cuando vaya al gimnasio.*

G. Combine the sentences you hear to form a single sentence, using the cues provided. The speaker will verify your response. Repeat the correct answer. Follow the model.

> *Modelo:* Voy a cocinar. Los chicos comen. (para que)
> *Voy a cocinar para que los chicos coman.*

II. Diálogos

Each dialogue will be read twice. Pay close attention to the content of the dialogue and also to the intonation and pronunciation patterns of the speakers.

Now listen to dialogue 1.

ADELA: ¡Ramón! ¿Por qué estás sentado, mirando televisión? ¡Tienes que hacer ejercicio!
RAMÓN: Voy a ir a caminar en cuanto termine mi programa.
ADELA: ¡No vas a obtener resultados a menos que hagas ejercicios vigorosos!
RAMÓN: Cuando vuelva de caminar voy a levantar pesas.
ADELA: ¡Buena idea! ¿Por qué no te haces socio de un club?
RAMÓN: No puedo hacer eso a menos que papá me preste dinero.
ADELA: No te va a prestar dinero hasta que tú le devuelvas lo que le debes.
RAMÓN: ¿Por qué no me lo prestas tú, Adela?
ADELA: Está bien, con tal que te hagas socio del Club Náutico hoy mismo.

Ejercicio de comprensión

The speaker will now ask you some questions based on the dialogue. Answer each question, always omitting the subject. The speaker will verify your response. Repeat the correct answer.

Now listen to dialogue 2.

CORA: Hola, Luis. ¿Dónde está Jorge? ¿Todavía no está aquí?
LUIS: No, pero voy a esperar hasta que llegue, porque tengo que hablar con él.
CORA: Voy a preparar una ensalada en caso de que tenga hambre.
LUIS: Hay albóndigas, chuletas de cerdo y pastel de manzana en el refrigerador... Es lo que sobró de la cena de anoche.
CORA: ¡No! Jorge no va a adelgazar a menos que disminuya el consumo de grasas.
LUIS: ¡Ay, Cora! Él es joven y sano... No necesita perder peso.
CORA: Pues si quiere mantenerse joven y sano debe tener una dieta balanceada y mantener un peso adecuado.
LUIS: Está bien. En cuanto llegue le voy a decir que tú tienes una ensalada para él en la cocina.
CORA: ¡Perfecto! ¡Ah! ¿Por qué necesitas hablar con él?
LUIS: Para preguntarle si quiere ir al gimnasio conmigo.

Ejercicio de comprensión

The speaker will now ask you some questions based on the dialogue. Answer each question, always omitting the subject. The speaker will verify your response. Repeat the correct answer.

Now listen to dialogue 3.

DOCTORA: Limite el consumo de sal, Sr. Paz, y beba moderadamente o no beba.
SR. PAZ: Bueno, yo no bebo mucho... sólo un vaso de vino con la cena, pero me gusta la sal...
DOCTORA: Use poca sal... y evite el estrés...
SR. PAZ: Bueno, eso va a ser difícil, porque yo trabajo doce o trece horas por día.
DOCTORA: Necesita descansar más. También quiero que tome vitaminas y haga algún ejercicio ligero.
SR. PAZ: Lo que pasa es que no tengo tiempo.
DOCTORA: Trate de encontrar tiempo. Ud. necesita reposo.
SR. PAZ: Muy bien. ¿Cuándo debo empezar?
DOCTORA: Ahora mismo. Vaya a su casa, descanse un rato, cene con su familia y vaya a caminar. ¡Y vuelva la semana próxima!

Ejercicio de comprensión

The speaker will now ask you some questions based on the narration. Answer each question, always omitting the subject. The speaker will verify your response. Repeat the correct answer.

Now listen to dialogue 4.

HÉCTOR: En cuanto llegue a casa voy a preparar espaguetis con albóndigas. Después... pastel de manzana con helado de vainilla.

TERESA: Yo voy a preparar una ensalada de lechuga, apio y espinaca.

HÉCTOR: ¿Y qué más? Necesitas calcio, proteína y carbohidratos.

TERESA: Y tú necesitas hierro y vitaminas.

HÉCTOR: ¡Tengo una idea! ¿Por qué no cenamos juntos en tu casa? Yo puedo compartir mi comida contigo y tú puedes compartir tu ensalada conmigo.

TERESA: ¡Perfecto! ¿A qué hora cenamos?

HÉCTOR: A las siete. ¿Quieres que compre algo para beber?

TERESA: No... yo tengo limonada. ¿Por qué no traes pastel de manzana?

HÉCTOR: A las siete estoy en tu casa.

Ejercicio de comprensión

The speaker will now ask you some questions based on the dialogue. Answer each question, always omitting the subject. The speaker will verify your response. Repeat the correct answer.

III. ¿Lógico o ilógico?

You will hear some statements. Circle **L** if the statement is logical or **I** if it is illogical. The speaker will verify your response.

1. L I	4. L I	7. L I	10. L I	13. L I
2. L I	5. L I	8. L I	11. L I	14. L I
3. L I	6. L I	9. L I	12. L I	15. L I

IV. Pronunciación

When you hear the number, read the corresponding sentence aloud. The speaker will then read the sentence correctly. Repeat it again.

1. El médico le dice que baje de peso y que haga ejercicio.

2. ¿Por qué no te haces socio de un gimnasio?

3. Es necesario hacer ejercicios vigorosos frecuentemente.

4. Hagámonos socios de un club.

5. Es importante que haga lo siguiente.

6. Tenga una dieta balanceada.

7. Disminuya el consumo de grasas.

8. Aumente el consumo de alimentos que contienen fibras.

V. Para escuchar y escribir

Tome nota

You will hear a radio commercial advertising a fitness club. First listen carefully for general comprehension. Then, as you listen for a second time, fill in the information requested.

Información sobre el Club _____

El club tiene:

☐ Sauna   ☐ Equipos "Nautilus"

☐ Piscina   ☐ Entrenadores personales

☐ Clases de danza aeróbica   ☐ Dietistas

☐ Gimnasio   ☐ Cafetería

Oferta especial para el mes de _____: una semana _____

Horario: _____

Dictado

The speaker will read each sentence twice. After the first reading, write what you heard. After the second reading, check your work and fill in what you missed.

1. _____

_____

2. _____

_____

3. _____

_____

4. _____

_____

5. _____

_____

6. _____

_____

7. _____

_____

8. _____

_____

LECCIÓN 6

Actividades para escribir

I. El imperativo: Tú

Dime, Mirta, ¿qué hago?   Debbie no está segura de lo que debe y no debe hacer en cuanto a muchas cosas y le pide consejo a Mirta. Haga Ud. el papel de Mirta, usando el imperativo y la información dada.

1. ¿Me matriculo en la clase de historia o en la clase de literatura? (en la clase de historia)

_____

2. ¿Estudio en casa o voy a la biblioteca? (a la biblioteca)

_____

3. ¿Dónde hago mi tarea? (en la biblioteca)

_____

4. Mamá quiere que le mande un libro sobre Costa Rica. ¿Se lo mando hoy? (no, la semana próxima)

_____

5. Para ir al correo, ¿doblo o sigo derecho? (derecho)

_____

6. ¿Le pido el coche a tu papá? (sí)

_____

7. ¿Dónde pongo los mapas? (guantera)

_____

8. Saúl quiere que le dé mi número de teléfono. ¿Se lo doy? (no)

_____

9. Fernando quiere salir conmigo. ¿Qué le digo? (que sí)

_____

10. ¿Me pongo la blusa blanca para salir con Fernando? (no)

_____

11. ¿Salgo ahora mismo o salgo más tarde? (más tarde)

_____

12. Si Fernando me quiere dar un beso, ¿se lo permito? (no)

_____

II. El participio usado como adjetivo

¡Todo está hecho ya! Cuando la mamá de Mirta le pregunta si va a hacer ciertas cosas, Mirta le dice que ya están hechas. Haga Ud. el papel de Mirta.

1. ¿No vas a abrir las ventanas?

_____

2. ¿No vas a poner la mesa?

_____

3. ¿No vas a soltar a los perros?

_____

4. ¿No vas a despertar a tu papá?

_____

5. ¿No vas a envolver los regalos?

_____

6. ¿No vas a escribir las cartas?

_____

7. ¿No vas a cerrar la puerta de tu cuarto?

_____

8. ¿No vas a encender las luces del patio?

_____

9. ¿No vas a vestir a tu hermanita?

_____

10. ¿No vas a preparar los sándwiches?

_____

III. El pretérito perfecto

Nuestras experiencias Vamos a hablar de las cosas que hemos hecho a veces o muchas veces, que hemos hecho últimamente, que hemos hecho siempre o que no hemos hecho nunca. Escriba Ud. toda esta información, usando el pretérito perfecto de los verbos dados.

A. Yo a veces...

1. hablar con mis consejeros

_____

2. matricularme en clases muy difíciles

_____

3. ir de vacaciones con mis amigos

_____

4. comer en restaurantes muy caros

_____

B. Tú muchas veces...

1. levantarte de madrugada

_____

2. leer revistas en francés

_____

3. romper platos muy valiosos

_____

4. volver a tu casa muy tarde

_____

C. Últimamente, Pablo...

1. estar muy ocupado

_____

2. ser muy impaciente con sus empleados

_____

3. aprender mucho

_____

4. no escribirle a nadie

_____

D. Nosotros siempre...

1. sacar seguro de automóvil

_____

2. comprar coches de cambios mecánicos

_____

3. elegir coches americanos

_____

4. resolver nuestros problemas

_____

E. Mis amigos nunca...

1. ver las cataratas del Niágara

_____

2. viajar a México

_____

3. tener pasaporte

_____

4. vivir en un país extranjero

_____

IV. El pluscuamperfecto

Mirta nos dice todas las cosas que ella y su familia habían hecho antes de la llegada de Debbie a Costa Rica. Escriba usted cuáles habían sido los preparativos, usando el pluscuamperfecto de los verbos dados.

1. Yo / limpiar el cuarto de Debbie y traerle el horario de clases

_____

2. Tú / averiguar el precio de las clases y poner flores en el cuarto de Debbie

_____

3. Mi mamá / escribirle a la mamá de Debbie e ir a la tienda a comprar sábanas

_____

4. Mi papá y yo / plantar unas flores en el jardín y lavar el coche

_____

5. Mis hermanos / conseguir periódicos en inglés / pintar el baño

_____

V. Posición de los adjetivos

Los tíos de Debbie

Mirta y Debbie están charlando, y Mirta confiesa que le gusta la idea de visitar los Estados Unidos, sobre todo Boston. Debbie le habla de sus tíos, que viven allí. Use los adjetivos que aparecen a continuación para completar el diálogo.

inglesas	única (2)	hermosos	mejor
viejos	interesante	elegante	ingleses
gran	pobre	hermosa	culto (_educated_)
misma (2)	desconocidas	viejo	otros
mi	grande		

MIRTA: —¿Cuál es la _____ época para visitar tu país?

DEBBIE: —Depende... Estados Unidos es un país muy _____ .

MIRTA: —Yo quiero visitar Boston. Es una ciudad muy _____ , llena de historia...

Pero... no puedo ir porque no tengo dinero. ¡Soy una chica muy _____ !

DEBBIE: —Si vas a Boston, puedes quedarte con mi tía Sandra. Ella es una mujer

_____ y _____ y tiene muchísimo dinero. Sus

padres son _____ y viven en Londres, en la _____

casa donde vivían los abuelos de mi tía.

MIRTA: —Las mujeres _____ son muy sofisticadas... al menos las que yo

conozco...

DEBBIE: —Además, mi tía es una _____ mujer, que ha hecho muchas cosas por

mucha gente.

MIRTA: —¡Pero yo no puedo ir a su casa! ¡Ella no me conoce!

DEBBIE: —Pero mi tía _____ siempre me ha dicho que le gusta recibir en

su casa a personas de _____ países. ¡Te lo digo! Es una mujer

_____!

MIRTA: —Sí, creo que es la _____ persona que se ofrece a recibir en su casa a

personas _____. ¿Y tu tío? ¿Cómo es?

DEBBIE: —¡_____ tío Spencer! Él siempre está enfermo... Pero ha escrito

_____ poemas que han sido publicados...

MIRTA: —¿Es un hombre _____?

DEBBIE: —No, tiene solamente cuarenta años. ¡Es un hombre muy _____!

Ha leído muchísimos libros. Él siempre dice que él y sus libros son

_____ amigos.

VI. En general

Lo que oímos Éstos son trozos de conversaciones que se oyen. Complételos,
usando el equivalente español de las palabras que aparecen
entre paréntesis.

1. —¡_____ ese convertible rojo, Anita! ¡Es hermoso!

   —Pues _____ a tus padres y _____ que

   _____ el coche perfecto. (*Notice / Call / tell them / you have found*)

2. —¡_____ bueno, Roberto! _____

   un favor.

   —¿Qué quieres que _____?

   —_____ un mensaje electrónico con la información sobre el viaje.

   (*Be / Do me / do / Send me*)

3. —Nosotros llegamos a casa _____ las diez de la noche. Mis padres

   _____. ¿Hablaste con tu abuela?

   —No, ella _____. (*at about / had already had dinner / had already gone
   to bed*)

¡Continuemos! • **Lección 6**

4. —Julián es _____.

   —¿Por qué lo dices?

   —Su coche tenía un _____ y él siguió manejando. (*a very silly boy / flat tire*)

5. —Yo llamé a Eva ayer para decirle que yo podía arreglar el coche.

   —¿Qué te dijo?

   —Que ella _____ al _____. (*had already taken it / repair shop*)

6. —Tío Luis compró _____ para la cena de hoy. También habrá paella.

   —Creo que ésta va a ser la _____ del año. (*a good Spanish wine / best dinner*)

VII. Palabras problemáticas

¿Qué decimos?   Escoja las palabras apropiadas para terminar cada aseveración.

1. Hoy es el (pasado, último) día para pagar la matrícula.

2. Papá llegó al gimnasio (sobre, a eso de) las dos.

3. Hablaron (acerca de, a eso de) la salud.

4. Vinieron a verme el mes (último, pasado).

5. Carlos tiene (sobre, unos) veinte años.

6. ¿Tú vas a hablar (de, a eso de) los tipos de ejercicio que haces?

VIII. Crucigrama

Horizontal

3. No es una clase avanzada; es para _____.

5. Escribí un informe _____ de San José.

7. Compré un coche de _____ mecánicos.

10. Trabaja en una agencia de alquiler de _____.

11. placa

14. los necesitamos para frenar

16. opuesto de "inteligente"

17. Gasté _____ cien dólares.

18. Me hice socia del club _____ "Triple A".

21. lo que se hace con un remolcador

22. Vino a _____ de las cinco.

23. Vinimos el mes _____.

Vertical

1. ¿Tienes _____ de computadoras?

2. Tengo seguro; estoy _____.

4. furgoneta

6. persona de Costa Rica

8. notar

9. luces de tráfico

12. batería

13. grúa

15. llanta

19. Llevé el auto al _____ de mecánica.

20. opuesto de "primero"

IX. ¿Qué pasa aquí?

Conteste las siguientes preguntas de acuerdo a la ilustración.

A.

1. ¿Dónde está el Sr. Vega?

   _____

2. Si el Sr. Vega quiere alquilar un Honda o un Toyota, ¿le va a ser posible?

   _____

3. ¿Qué quiere saber el Sr. Vega?

   _____

4. ¿Está asegurado?

   _____

5. ¿Al Sr. Vega le gustan los coches automáticos?

   _____

6. ¿Qué tipo de coche cuesta $30 al día?

   _____

7. ¿Qué va a tener que hacer el Sr. Vega?

   _____

B.

8. ¿Qué tipo de coche conduce Juan?

   _____

9. ¿Qué problema tiene?

   _____

10. ¿Qué necesita hacer?

   _____

11. ¿Usted cree que puede hacerlo? ¿Por qué?

   _____

12. ¿Usted cree que el coche de Teresa funciona o que no arranca?

   _____

13. ¿Qué ha enviado el club automovilístico?

   _____

A

B

C

D

¡Continuemos! • **Lección 6**   87

C.

14. ¿Qué conduce Gabriela?

_____

15. ¿Adónde cree usted que Gabriela tiene que llevarla?

_____

16. ¿Por qué ha tenido que parar Gabriela?

_____

17. ¿Qué es ABC 123?

_____

18. ¿Usted cree que le es fácil a Gabriela recordarlo?

_____

D.

19. ¿Qué ha tenido que pagar Paola?

_____

20. ¿La clase de francés es la única que está tomando?

_____

21. ¿Es una clase avanzada o una clase para principiantes?

_____

22. ¿Se ha matriculado Paola para alguna clase de ciencias?

_____

23. ¿En cuál de sus clases va a leer una novela de Cervantes?

_____

X. El mundo hispánico: Costa Rica

Repase "El mundo hispánico" en las páginas 178–179 de *¡Continuemos!* y complete lo siguiente.

1. Sobrenombre que se les da a los costarricenses: _____

2. Un alto porcentaje del presupuesto de Costa Rica se gasta en la _____.

3. Número de parques nacionales y reservas ecológicas: _____

4. Una gran atracción turística: _____

5. Fuente principal de ingresos: _____

6. Costa Rica es el mayor exportador mundial de _____.

7. Otras exportaciones: _____ y _____

8. Capital de Costa Rica: _____

Para escribir

Su mejor amiga quiere alquilar un automóvil, pero no tiene idea de cómo hacerlo, ni del tipo de automóvil que debe alquilar. Escríbale una nota, dándole consejos sobre lo que debe y lo que no debe hacer.

_____

_____

_____

_____

_____

_____

_____

_____

_____

_____

_____

_____

_____

LECCIÓN 6

Actividades para el laboratorio

I. Estructuras gramaticales

A. Respond to each question, using a command (in the **tú** form). Always choose the second option. Use direct object pronouns whenever possible. The speaker will verify your response. Repeat the correct response. Follow the model.

> *Modelo:* ¿Traigo las sillas ahora o esta tarde?
> *Tráelas esta tarde.*

B. The speaker will ask you when you are going to do certain things. Respond, saying they are already done. The speaker will verify your response. Repeat the correct answer. Follow the model

> *Modelo:* ¿No vas a cerrar las ventanas?
> *Ya están cerradas.*

C. The speaker will ask you some questions. Answer them in the negative. The speaker will verify your response. Repeat the correct answer. Follow the model.

> *Modelo:* ¿Tú has estado en Costa Rica alguna vez?
> *No, nunca he estado en Costa Rica.*

D. The speaker will ask whether some things had been done before other things happened. The speaker will verify your response. Repeat the correct answer. Follow the model.

> *Modelo:* Antes de salir, ¿tú ya habías desayunado?
> *No, no había desayunado todavía.*

E. Answer each question you hear, using the cues provided. Pay attention to the position of the adjectives. The speaker will verify your response. Repeat the correct answer. Follow the model.

> *Modelo:* ¿Tienes hermanos? (sí, dos)
> *Sí, tengo dos hermanos.*

II. Diálogos

Each dialogue will be read twice. Pay close attention to the content of the dialogue and also to the intonation and pronunciation patterns of the speakers.

Now listen to dialogue 1.

NORBERTO: ¿Vas a matricularte en el programa de español en Costa Rica?
SANDRA: No sé... Dime, ¿tú crees que es una buena idea tomar un curso avanzado?
NORBERTO: ¡Sí! ¡Decídete! Puedes pasar ocho semanas allí... Aprovecha esta oportunidad de practicar el idioma y de ver un país hermosísimo.
SANDRA: (*Se ríe*) Bueno, tú eres costarricense... No puedes ser muy objetivo, ¿verdad?
NORBERTO: Hazme un favor. Mira estos folletos, estúdialos, y luego decide lo que vas a hacer.
SANDRA: Ponlos en mi escritorio. Los voy a leer más tarde. Ahora tengo que ver cuánto dinero tengo que gastar para tomar parte en el programa.

NORBERTO: Bueno, si necesitas dinero, pídeselo a tu papá. Él puede ayudarte, ¿no?

SANDRA: Voy a pensarlo. Oye, ¿estás libre esta noche? ¿Quieres ir a la biblioteca conmigo?

NORBERTO: No estoy libre para ir a la biblioteca... ¡pero estoy libre para ir al cine!

Ejercicio de comprensión

The speaker will now ask you some questions based on the dialogue. Answer each question, always omitting the subject. The speaker will verify your response. Repeat the correct answer.

Now listen to dialogue 2.

MIRTA: Rafael, ¿tú has alquilado un coche alguna vez?

RAFAEL: He alquilado varios. Acuérdate de que yo he viajado a varias ciudades.

MIRTA: Entonces, acompáñame a la agencia de alquiler de automóviles. Tengo que alquilar un coche.

RAFAEL: ¿Dónde está el tuyo? Tú tienes un descapotable, ¿no?

MIRTA: Sí, un descapotable rojo. Se lo presté a mi hermano y él tuvo un accidente.

RAFAEL: ¡No me digas! ¿Qué le pasó?

MIRTA: A él, nada, pero mi coche está en el taller de mecánica.

RAFAEL: ¡Qué lástima! Por eso yo nunca le he prestado mi coche a nadie.

MIRTA: Bueno, yo soy muy tonta.

RAFAEL: No digas eso, Mirta. ¡Tú eres muy buena! ¿A qué hora quieres que vayamos a la agencia?

MIRTA: A eso de las cuatro.

Ejercicio de comprensión

The speaker will now ask you some questions based on the dialogue. Answer each question, always omitting the subject. The speaker will verify your response. Repeat the correct answer.

Now listen to dialogue 3.

NÉLIDA: ¿Qué hiciste ayer, Fernando?

FERNANDO: ¡Ay, Nélida! ¡Tuve un día terrible!

NÉLIDA: ¿Qué pasó? ¿Te matriculaste en la clase de italiano?

FERNANDO: No... era una clase avanzada. Además, cuando yo llegué a la universidad, mi consejero ya se había ido.

NÉLIDA: ¿Conseguiste el trabajo que habías visto en el anuncio?

FERNANDO: No, cuando yo llamé ya habían empleado a alguien.

NÉLIDA: ¿Fuiste a ver a Marisol?

FERNANDO: Sí, pero no llegué a tiempo. Cuando llegué a su apartamento, ella ya había salido.

NÉLIDA: ¿Cenaste con tus padres?

FERNANDO: Fui a su casa, pero cuando llegué, ellos ya habían cenado.

NÉLIDA: ¿Qué hiciste?

FERNANDO: Volví a mi apartamento, comí una manzana y me acosté.

Ejercicio de comprensión

The speaker will now ask you some questions based on the narration. Answer each question, always omitting the subject. The speaker will verify your response. Repeat the correct answer.

Now listen to dialogue 4.

MARCELO: ¿Vas a comprar un coche nuevo, Beatriz?

BEATRIZ: Sí, Marcelo. Estoy cansada de conducir el coche que tengo ahora. Esta mañana no arrancó.

MARCELO: ¿Qué hiciste? ¿Llamaste una grúa?

BEATRIZ: Sí, ahora está en el taller de mecánica.
MARCELO: ¿Qué tipo de coche quieres comprar?
BEATRIZ: Un coche pequeño, de dos puertas y de cambios mecánicos.
MARCELO: ¿Por qué no compras un coche automático?
BEATRIZ: Porque los coches automáticos gastan mucha gasolina.
MARCELO: ¡Ay, Beatriz! Tú eres la única chica que yo conozco que quiere un coche de cambios mecánicos.
BEATRIZ: (*Se ríe*) No, Marcelo. De todas las chicas que tú conoces, ¡yo soy la única que es pobre!

Ejercicio de comprensión

The speaker will now ask you some questions based on the dialogue. Answer each question, always omitting the subject. The speaker will verify your response. Repeat the correct answer.

III. ¿Lógico o ilógico?

You will hear some statements. Circle **L** if the statement is logical or **I** if it is illogical. The speaker will verify your response.

1. L I   4. L I   7. L I   10. L I   13. L I
2. L I   5. L I   8. L I   11. L I   14. L I
3. L I   6. L I   9. L I   12. L I   15. L I

IV. Pronunciación

When you hear the number, read the corresponding sentence aloud. The speaker will then read the sentence correctly. Repeat it again.

1. Tener conocimientos de español ofrece una gran ventaja.
2. Se ha hecho muy buena amiga de Mirta Alvarado.
3. Han decidido ir al Parque Nacional Braulio Carrillo.
4. Están en una agencia de automóviles porque quieren alquilar un coche.
5. Fíjate en ese convertible rojo de dos puertas.
6. Mirta habla con el empleado y vuelve con la información.
7. Mi licencia para manejar es de los Estados Unidos.
8. ¿Cuánto tiempo crees que vamos a demorar en llegar al parque?

V. Para escuchar y escribir

Tome nota

You will hear a short ad for a car rental agency. First listen carefully for general comprehension. Then, as you listen for a second time, fill in the information requested.

Nombre de la agencia _____

Tipos de coche:

De cambios mecánicos   Sí ☐   No ☐

Automáticos   Sí ☐   No ☐

De dos puertas   Sí ☐   No ☐

De cuatro puertas   Sí ☐   No ☐

Grandes   Sí ☐   No ☐

Compactos   Sí ☐   No ☐

Camioneta   Sí ☐   No ☐

¿Se puede sacar seguro en la agencia?   Sí ☐   No ☐

La agencia está abierta de _____ a _____, desde las

_____ de la mañana hasta las _____ de la tarde.

Dictado

The speaker will read each sentence twice. After the first reading, write what you heard. After the second reading, check your work and fill in what you missed.

1. _____

   _____

2. _____

   _____

3. _____

   _____

4. _____

   _____

5. _____

   _____

6. _____

   _____

7. _____

   _____

8. _____

   _____

LECCIÓN 7

Actividades para escribir

I. El futuro

A una madre

Ésta es una carta que Roberto le escribe a su mamá, diciéndole lo que harán cuando él vaya a Honduras. Complétela, usando el futuro de los verbos dados.

Querida mamá:

¿Cómo estás? ¿Cómo están papá y mis hermanos? Yo estoy bien, pero te _____ (decir) que los echo de menos a todos.

Si todo va bien, (yo) _____ (estar) en Tegucigalpa en diciembre. Ya les _____ (avisar) la fecha exacta. ¡Supongo que todos _____ (ir) al aeropuerto para esperar mi llegada...! He estado pensando en lo que _____ (pasar) cuando yo esté en Honduras. Tú y yo _____ (hablar) hasta muy tarde. Al día siguiente _____ (haber) un almuerzo al que _____ (venir) todos los parientes. Tú _____ (poner) la mesa y _____ (servir) platos riquísimos, y todos (nosotros) _____ (comer) más de lo debido. Nosotros _____ (hacer) la sobremesa y después (nosotros) _____ (salir) a caminar...

Bueno, (yo) _____ (tener) que dejarte por hoy. Creo que el profesor Paz _____ (dar) un examen mañana, de modo que Rafael y yo _____ (estudiar) hasta las once esta noche. Nosotros no _____ (poder) ir a la fiesta que da Amanda.

¿(Tú) me _____ (escribir) pronto? Cariños para todos.

Un abrazo,

Roberto

II. El condicional

Estela, Rafael y Amanda están conversando en la terraza. El tema de la conversación es lo que ellos harían con un millón de dólares. Complete Ud. el diálogo, usando el condicional de los verbos dados.

ESTELA: —Yo _____ (vivir) en una casa enorme. _____ (Tener) varios criados y _____ (viajar) por todo el mundo.

RAFAEL: —Mi familia y yo _____ (ir) a Europa todos los años y mis hijos _____ (estudiar) en España. Una vez al año, todos nosotros _____ (venir) a California para ir a Disneylandia.

AMANDA: —Yo _____ (poner) el dinero en el banco y así _____ (poder) vivir de los intereses.

ESTELA: —¡Ay, Amanda! ¡Eso _____ (ser) muy aburrido! ¿Qué _____ (hacer) tú para divertirte?

AMANDA: —(Se ríe) ¡Yo no _____ (saber) qué hacer con tanto dinero... Mis gustos son simples...

RAFAEL: — (Bromeando) No... Amanda me _____ (dar) todo el dinero a mí y yo _____ (comprar) una fonda en Managua.

III. El futuro perfecto

¡Todos están de acuerdo en que Lolo es una peste! Responda Ud. a lo que dice Lolo, usando la información dada y el futuro perfecto de los verbos, para decir que todo habrá sucedido para cierto tiempo en el futuro.

Modelo: A las siete voy a ir a la casa de Uds. para cenar. (cenar)
Para las siete, nosotros ya habremos cenado.

1. Voy a ir a visitarte a las diez. (acostarme)

   _____

2. Voy a ir a visitar a tu papá a las cuatro. (todavía no volver)

   _____

3. Voy a ir a buscar a los chicos a las ocho para llevarlos a la escuela. (salir de casa)

   _____

4. A la una voy a ir a comer con Uds. (comer)

   _____

5. El sábado voy a ir a la casa de Eva para ayudarla a terminar el trabajo. (terminarlo)

   _____

IV. El condicional perfecto

Pero Oscar... ¿qué hiciste?   ¡Nadie habría hecho lo que hizo Oscar! Indique Ud. esto, usando la información dada y el condicional perfecto.

1. Oscar salió con sus amigos. (yo / quedarme en casa)

   _____

2. Oscar hizo sopa de pescado. (tú / mondongo con papas)

   _____

3. Oscar comió plátanos fritos con miel de abeja. (nosotros / flan con crema)

   _____

4. Oscar preparó una ensalada. (Marta / una pupusa)

   _____

5. Oscar trajo tortilla rellena de carne. (los chicos / tortilla de papas)

   _____

6. Oscar volvió a su casa a las ocho. (yo / a las diez)

   _____

V. Género de los nombres: casos especiales

Preguntas y respuestas   Encuentre, en la columna B, las respuestas a las preguntas de la columna A.

A	B
1. _____ ¿Qué te duele?	a. No tienen el capital necesario.
2. _____ ¿Quién es Miguel Cisneros?	b. el resto de la comida
3. _____ ¿Quién es el padre Esteban?	c. la frente
4. _____ ¿Qué están tratando de descubrir?	d. corte y peinado
5. _____ ¿Por qué no pueden abrir el restaurante?	e. con un palo
6. _____ ¿Santiago es una ciudad grande?	f. el guía
7. _____ ¿Qué te hicieron en la peluquería?	g. una pala
8. _____ ¿Qué te cortaste?	h. el cabeza de los terroristas
9. _____ ¿Los soldados murieron?	i. la resta
10. _____ ¿Quién les mostró los monumentos?	j. en una loma
11. _____ ¿Dónde encontraste el número de teléfono?	k. la cura para el cáncer
12. _____ ¿Qué pusiste en el refrigerador?	l. en el fondo de la taza
13. _____ ¿Qué operación aritmética aprendió?	m. la cabeza
14. _____ ¿Con qué le pegó?	n. en la guía telefónica
15. _____ ¿Dónde durmieron?	o. en el puerto
16. _____ ¿Dónde está la casa?	p. el cura de la parroquia
17. _____ ¿Qué necesitas para cavar (*dig*)?	q. la puerta
18. _____ ¿Dónde están los barcos?	r. sí, en el frente de batalla
19. _____ ¿Qué vas a cerrar?	s. en el suelo
20. _____ ¿Dónde estaba el azúcar?	t. Sí, es la capital de Chile.

VI. En general

Éstos son trozos de conversaciones que se oyen. Complételos, usando el equivalente español de las palabras que aparecen entre paréntesis.

1. —Los chicos _____ a casa de Marta. (*ended up*)

   —_____, yo _____ a mi casa.

   (*Had I known / would have taken them*).

2. —¿Dónde _____? (*Do you suppose Beto is*)

   —No sé ... _____ en su oficina, trabajando. (*I suppose he is*)

3. —¿Quién _____ el flan? (*Do you suppose made*)

   —No sé, pero _____ un pedazo. (*I feel like eating*)

4. —¿Qué hora _____? (*Do you suppose it is*)

   —_____ las tres... (*It's probably*)

5. —Para las once, nosotros ya _____. (*will have gone to bed*)

   —Entonces _____ en tu casa a las nueve. (*we will have to be*)

6. —Ella _____ cuando él se fue. (*became sad*)

   —Yo _____. (*would have stayed*)

VII. Palabras problemáticas

Escoja las palabras apropiadas para terminar cada aseveración o pregunta.

1. No le pongo mucha pimienta porque no me gusta la comida (caliente, picante).

2. Paraguay tiene un clima (cálido, caliente).

3. ¿Quieres (pequeño, un poco de) vino?

4. Yo tengo (poco, un poco) dinero.

5. La sopa está muy (caliente, cálida).

6. Mi hermanito es muy (poco, pequeño).

VIII. Crucigrama

3. cocinar al horno

4. Se usa para servir comida.

5. ¿Quieres una _____ de champán?

11. Tengo _____ de comer flan.

12. con animación

15. No es vino blanco; es vino _____.

16. hacer saber

18. Me gusta el bistec medio _____.

22. rico

23. opuesto de **frío**

24. tipo de clima caluroso

25. No hiervas las verduras. Es mejor cocinarlas al _____.

26. Ya están almorzando. ¡Buen _____!

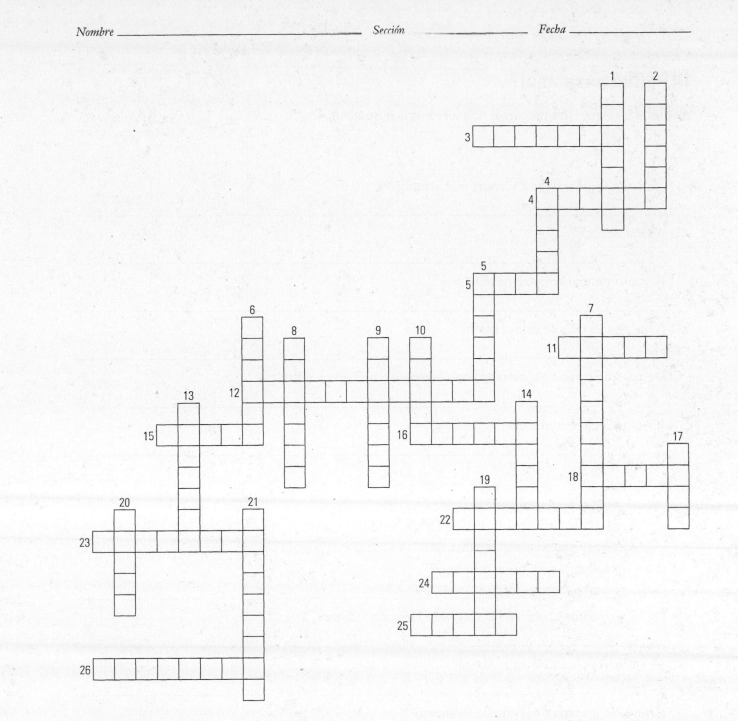

Vertical

1. Me gusta el bistec _____ medio.
2. opuesto de **contento**
4. similar a un restaurante
5. lo que cuentan los comediantes
6. pequeña porción que se pone en la boca
7. lleno
8. lo que se propone
9. banana

10. ¿Te gusta la miel de _____?
13. con mucha pimienta
14. lo que se hace cuando se come
17. opuesto de **mucho**
19. tipo de pescado
20. Es suficiente.
21. lo que se compra para recordar un lugar que se visita

IX. ¿Qué pasa aquí?

Conteste las siguientes preguntas de acuerdo a la ilustración.

A.

1. ¿Adónde le gustaría ir a Victoria este verano?
_____

2. ¿Cómo viajaría?
_____

3. ¿Cuánto tiempo se quedaría allí?
_____

4. ¿Qué tiene ganas de comer hoy?
_____

5. Después de comer, ¿le gustaría hacer ejercicio o tomar una siesta?
_____

6. ¿Con quién le gustaría charlar después?
_____

B.

7. ¿Viviana y Héctor se están divirtiendo en la fiesta?
_____

8. ¿Con quién le gustaría bailar a Viviana?
_____

9. De haber podido, ¿a quién habría traído Héctor a la fiesta?
_____

10. ¿A quién(es) echa de menos Marga?
_____

11. ¿Dónde le gustaría estar en este momento?
_____

C.

12. ¿A qué hora tendrá que salir Ignacio de su casa?
_____

13. ¿Cómo irá a su trabajo?
_____

14. ¿Qué tipo de coche maneja Ignacio?
_____

15. ¿Hasta qué hora trabajará el muchacho?

   _____

16. ¿Dónde se encontrarán Ignacio y Ada?

   _____

D.

17. ¿La señora Ibarra servirá bistec, chuletas o salmón esta noche?

   _____

18. ¿Cómo lo va a cocinar?

   _____

19. ¿Cree usted que la señora Ibarra y su familia beberán gaseosa o ron esta noche?

   _____

20. ¿Usted cree que son las cinco de la mañana o las cinco de la tarde?

   _____

21. ¿Qué hará la señora Ibarra después de cenar?

   _____

X. El mundo hispánico: Centroamérica

Repase "El mundo hispánico" en las páginas 209–210 de *¡Continuemos!* y complete lo siguiente.

1. Panamá conecta _____ con _____.

2. Fecha en que el canal pasó a ser propiedad de Panamá: _____

3. Ciudades más importantes: _____ y _____

4. Nicaragua es la tierra de los _____.

5. El mayor lago de agua dulce del mundo: _____.

6. La capital de Nicaragua: _____

7. País llamado "Tierra de los volcanes": _____

8. Su capital: _____

9. Único país centramericano sin volcanes: _____

10. Capital del país: _____

11. Su mayor atracción turística: _____

12. País donde se encuentran las ruinas de Tikal: _____

13. Nombre que se le da a este país debido a su clima: _____

Para escribir

Escriba dos o tres párrafos, describiendo las cosas que Ud., algunos miembros de su familia, y algunos amigos o compañeros de estudio o de trabajo habrán hecho para la semana próxima.

_____

_____

_____

_____

_____

_____

_____

_____

_____

_____

_____

_____

LECCIÓN 7

Actividades para el laboratorio

I. Estructuras gramaticales

A. The speaker will ask if you and others did certain things. Answer that everything will be done next week. Use direct object pronouns when appropriate. The speaker will verify your response. Repeat the correct answer. Follow the model.

> *Modelo:* ¿Hablaste con tu primo?
> *Hablaré con él la semana próxima.*

B. The speaker will ask some questions. Use the cues provided to try to "guess" the answers, using the future of probability. The speaker will verify your responses. Repeat the correct answer. Follow the model.

> *Modelo:* ¿Qué hora es? (las dos)
> *No sé... serán las dos.*

C. The speaker will ask you some questions. Answer them in the negative. The speaker will verify your response. Repeat the correct answer.

D. Use the cues provided and the future perfect to indicate what you and others will have done by tomorrow at eleven p.m. The speaker will verify your response. Repeat the correct answer. Follow the model.

> *Modelo:* ¿Qué habrás hecho tú? (tomar el examen)
> *Habré tomado el examen.*

E. Use the conditional perfect tense and the cues provided to say what everybody would have done. The speaker will verify your response. Repeat the correct answer. Follow the model.

> *Modelo:* Luis compró una llanta. (Teresa / dos)
> *Teresa habría comprado dos.*

F. Answer the following questions. The speaker will verify your response. Repeat the correct answer. Follow the model.

> *Modelo:* La espalda de un animal, ¿es un lomo o una loma?
> *Es un lomo.*

II. Diálogos

Each dialogue will be read twice. Pay close attention to the content of the dialogue and also to the intonation and pronunciation patterns of the speakers.

Now listen to dialogue 1.

¡Continuemos! • **Lección 7** 105

Pablo, Jorge y Carlos son tres estudiantes universitarios. Viven juntos en un apartamento que queda cerca de la universidad. En este momento, Pablo y Jorge hablan de Carlos.

PABLO: Oye, Jorge, ¿adónde iría Carlos anoche?

JORGE: Fue a la estación de servicio y luego tuvo que ir a comprar una llanta para su coche.

PABLO: Sí, pero... ¿adónde iría después? ¡No regresó hasta la medianoche!

JORGE: Eso no es verdad, Pablo. Serían las diez y media cuando llegó.

PABLO: Así y todo... ¡Ajá! Aquí viene Carlos... ¡con una chica! Oye, ¡es hermosa! ¿Quién será? Es alta, delgada, de pelo negro...

JORGE: ...Y se llama Estela.

PABLO: ¿Cómo lo sabes?

JORGE: Es la hermana de Carlos, que acaba de llegar de la capital.

Ejercicio de comprensión

The speaker will now ask you some questions based on the dialogue. Answer each question, always omitting the subject. The speaker will verify your response. Repeat the correct answer.

Now listen to dialogue 2.

TITO: ¿Quieres plátanos fritos con miel de abeja, Nora?

NORA: No, gracias, Tito. Estoy satisfecha.

TITO: Pero siempre dices que tienes ganas de comer plátanos fritos...

NORA: Es verdad, y de haber sabido que servirías plátanos fritos no habría comido tanto.

TITO: ¿Te gustaría tomar una taza de café?

NORA: Preferiría una taza de té. Oye, ¿quieres ir a la casa de Raquel? Podemos estar allí para las diez.

TITO: Para esa hora Raquel se habrá acostado. Pero, si quieres... podríamos ir al club.

NORA: ¡Buena idea! Estaré lista en diez minutos.

Ejercicio de comprensión

The speaker will now ask you some questions based on the dialogue. Answer each question, always omitting the subject. The speaker will verify your response. Repeat the correct answer.

Now listen to dialogue 3.

MIGUEL: ¿Por qué te has puesto triste, Guiomar?

GUIOMAR: ¡Ay, Miguel! Estoy pensando en mis amigos y compañeros de estudio... Los voy a echar de menos...

MIGUEL: ¿No los verás más?

GUIOMAR: ¡Quién sabe! Dentro de dos meses nos habremos graduado, y cada uno irá por diferentes caminos...

MIGUEL: Sí, Carlos volverá a México... María Inés empezará a enseñar... tú te casarás conmigo...

GUIOMAR: (*Se ríe*) ¿Cuándo decidiste que tú y yo nos casaríamos?

MIGUEL: Hace dos minutos. Tú vas a ganar mucho dinero cuando seas médica...

GUIOMAR: Pero yo no terminaré mi carrera hasta el año 2008.

MIGUEL: ¡Ah! Yo no podré esperar tanto tiempo. Para ese año... ¡Quién sabe adónde habré ido a parar!

GUIOMAR: (*Se ríe*) Bueno... si tú y yo todavía somos solteros en el año 2008... ¡Nos casaremos!

MIGUEL: ¡Acepto!

Ejercicio de comprensión

The speaker will now ask you some questions based on the dialogue. Answer each question, always omitting the subject. The speaker will verify your response. Repeat the correct answer.

Now listen to dialogue 4.

LUCAS: ¿Dónde estará Oscar? ¿Tú sabes a qué hora volverá?

NÉLIDA: No sé, Lucas... ¿Estará estudiando con Noemí?

LUCAS: Lo dudo... Voy a esperarlo un rato, pero después tendré que ir a trabajar.

NÉLIDA: ¿Te gustaría comer una pupusa? Es una tortilla rellena de carne, frijoles y queso.

LUCAS: ¡Sí! ¡Me encantan las pupusas! Gracias, Nélida.

NÉLIDA: Están en esta fuente. ¿Quieres una gaseosa?

LUCAS: Sí, por favor. Y un poco de arroz... ¡Ah! ¡Hiciste flan!

NÉLIDA: Come un poco de flan con crema. Oye, ¿quieres que llame a Noemí y le pregunte si está con ella?

LUCAS: No... Volveré esta noche, después de salir de la oficina. ¿Qué hay para cenar...?

Ejercicio de comprensión

The speaker will now ask you some questions based on the dialogue. Answer each question, always omitting the subject. The speaker will verify your response. Repeat the correct answer.

III. ¿Lógico o ilógico?

You will hear some statements. Circle **L** if the statement is logical or **I** if it is illogical. The speaker will verify your response.

1. L I	4. L I	7. L I	10. L I	13. L I
2. L I	5. L I	8. L I	11. L I	14. L I
3. L I	6. L I	9. L I	12. L I	15. L I

IV. Pronunciación

When you hear the number, read the corresponding sentence aloud. The speaker will then read the sentence correctly. Repeat it again.

1. Cinco estudiantes centroamericanos, sentados alrededor de una mesa, charlan animadamente.

2. La verdad es que me sería difícil quedarme a vivir aquí.

3. Buen provecho, como decimos siempre en mi país.

4. Me gustaría estar en mi casa ahora mismo, oyendo la risa de mis hermanos.

5. Hasta mi hermanito más pequeño lo dice.

6. ¡Yo no podría tragar un bocado más!

7. No veo la hora de tomar una chicha en nuestra fonda.

8. De haberlo sabido, no habría comido tanto.

V. Para escuchar y escribir

Tome nota

You will hear a short ad for a restaurant. First listen carefully for general comprehension. Then, as you listen for a second time, fill in the information requested.

Nombre del restaurante: _____

MENÚ

Platos principales:

_____

_____

_____

_____

_____

Postres:

_____

_____

Bebidas:

_____

_____

_____

_____

Grupo musical:

_____

Dictado

The speaker will read each sentence twice. After the first reading, write what you heard. After the second reading, check your work and fill in what you missed.

1. _____

_____

2. _____

_____

3. _____

_____

4. _____

_____

5. _____

_____

6. _____

_____

7. _____

_____

8. _____

_____

LECCIÓN 8

Actividades para escribir

I. El imperfecto de subjuntivo

Díganos qué le gustaría...   A Soraya le gustaría que todos hiciéramos ciertas cosas. Indique cuáles son, usando el imperfecto de subjuntivo y la información dada.

A Soraya le gustaría que...

1. ...yo / escribir un informe y dirigir una mesa redonda
_____

2. ...Carlos / postularse para alcalde y dar un discurso (*speech*)
_____

3. ...Nosotros / ir a la oficina del gobernador y hablar con él
_____

4. ...tú / ayudar con la campaña electoral y venir a su oficina
_____

5. ...Luis y Jorge / traer los volantes (*flyers*) y ponerlos en su escritorio
_____

6. ...Marisa / conseguir el artículo sobre las armas de asalto y leerlo
_____

II. El imperfecto de subjuntivo en oraciones condicionales

Si lo hicieran...   Use los verbos de la lista en el imperfecto de subjuntivo para decir lo que pasaría si la gente hiciera las cosas bien.

producir   tener   dejar   usar   depender   llevar

Se podrían resolver los problemas ambientales si...

1. ...nosotros _____ de usar pulverizadores.
2. ...Uds. no _____ tanto del automóvil.
3. ...las fábricas _____ combustibles más limpios.
4. ...la gente no _____ tanta basura.
5. ...tú _____ los residuos de productos químicos a los vertederos públicos.
6. ...las personas _____ buenos programas de reciclaje.

III. El pretérito perfecto de subjuntivo

Niegue todo lo que aparece a continuación usando el pretérito perfecto de subjuntivo.

No es cierto que...

1. ...tú _____ al ladrón. (identificar)

2. ...Carlos _____ en un país de habla hispana. (vivir)

3. ...nosotros _____ miembros de una pandilla. (ser)

4. ...yo _____ un artículo sobre la delicuencia juvenil. (escribir)

5. ...Rita no _____ nada por las personas sin hogar. (hacer)

6. ...ellos _____ que el asesino no merezca la pena capital. (decir)

7. ...Ana y yo _____ en la cárcel. (estar)

8. ...Uds. _____ el problema. (resolver)

IV. El pluscuamperfecto de subjuntivo

El señor Paz dudaba que todas estas cosas hubieran tenido lugar. Use los verbos dados en el pluscuamperfecto de subjuntivo para expresar esta idea.

El señor Paz dudaba que...

1. ...Pedro Luces _____ las elecciones. (ganar)

2. ...esos hombres _____ al niño. (secuestar)

3. ...la familia _____ pagar el rescate. (poder)

4. ...nosotros _____. (fracasar)

5. ...la señora Velez _____ víctima de un robo. (ser)

6. ...el problema se _____. (empeorar)

7. ...tú _____ las estadísticas sobre el crimen. (saber)

8. ...yo _____ en ese pueblo. (estar)

V. En general

Lo que oímos   Éstos son trozos de conversaciones que se oyen. Complételos, usando el equivalente español de las palabras que aparecen entre paréntesis.

1. —¿Rodolfo _____ la clase?

   —No, el pobre chico _____. (*passed / failed the exam*)

2. —¿Ellos te pidieron que _____ con ellos?

   —Sí, para solucionar el problema de _____.

   (*you cooperate / poverty*)

3. —¿Los chicos se han ido?

   —Sí, y espero que _____ a Quito

   _____ a Guayaquil. (*they haven't gone / instead of going*)

4. —Pablo Vega no ganó las elecciones.

   —Nosotros no creíamos que él _____. (*had run*

   for governor)

5. —¿Le ofrecieron drogas?

   —Sí, y si _____, lo habrían arrestado. (*had bought them*)

6. —Ella siempre habla de lo que se debe hacer para solucionar los problemas ambientales

   _____ algo de eso.

   —Sí, cuando en realidad no sabe nada... (*as if she knew*)

7. —Tengo _____ para ver el partido.

   —Entonces, voy contigo. (*free tickets*)

8. —¿Tus padres son argentinos?

   —Sí, pero son _____. (*of Spanish and Italian descent*)

VI. Palabras problemáticas

Escoja las palabras apropiadas para terminar cada aseveración.

1. Si no estudias, vas a (fracasar, quedar suspendido) en el examen.

2. Los bolígrafos cuestan cinco dólares, pero los lápices son (gratis, libres).

3. No debes (dejar de, fracasar) ver los cuadros de Picasso.

4. Ellos creían que iban a tener éxito, pero (fracasaron, dejaron de).

5. Ellos no son esclavos; son hombres (gratis, libres).

VII. Crucigrama

Horizontal

2. venir a este mundo
4. empeorarse
6. *waste* en español
8. _____, dulce _____
9. factoría
12. Ella es la _____ de la ciudad.
13. Chile es un país de habla _____.
14. Hay mucha gente pobre: hay mucha _____.
15. acción de asesinar
17. opuesto de vida
20. resolver
21. relativo al ambiente
23. opuesto de **simple**
24. revólveres, rifles, pistolas, etc.
25. prisión

Vertical

1. opuesto de **tener éxito**
3. serio
5. acción de robar
7. polución
8. Los trabajadores se declararon en _____.
10. Debemos resolver los problemas del medio _____.
11. sitio
16. La víctima pudo _____ al ladrón.
18. Participé en la campaña _____.
19. Sandra es de _____ inglesa.
22. opuesto de **mucho**

VIII. ¿Qué pasa aquí?

Conteste las siguientes preguntas de acuerdo a la ilustración.

A.

1. ¿Qué han organizado los estudiantes?

   _____

2. ¿Qué problemas están discutiendo?

   _____

3. ¿Manuel cree que los problemas podrían resolverse en seguida o gradualmente?

   _____

4. Según Pedro, ¿qué es lo que causa la contaminación del aire?

   _____

5. ¿Miriam expresa optimismo en cuanto a la solución de los problemas?

   _____

6. Según Rosalía, ¿qué tendrán que hacer las fábricas?

   _____

B.

7. ¿Qué está usando Nati, que no debiera usar?

   _____

8. ¿Esta acción va a mejorar o empeorar el problema de la contaminación?

   _____

9. ¿Qué está haciendo Elsa?

   _____

10. ¿Qué sería mejor que hiciera con los productos químicos?

    _____

C.

11. ¿A qué grupo pertenece Lolo?

    _____

12. ¿Qué es Toto?

    _____

13. ¿Qué es Rigo?

    _____

14. ¿Qué fue lo que hizo Nolo?

_____

15. De los cuatro, ¿quién no merece ir a la cárcel?

_____

16. De los cuatro, ¿cuál podría recibir la pena capital?

_____

D.

17. ¿Qué cargo (*position*) político tiene Hilda López?

_____

18. ¿Qué tipo de campaña tenemos aquí?

_____

19. ¿Cuándo son las elecciones?

_____

20. ¿Para qué cargo político se postula Raúl Vera?

_____

IX. El mundo hispánico: Las minorías hispánicas

Repase "El mundo hispánico" en las páginas 241–242 de *¡Continuemos!* y complete lo siguiente.

1. Los tres grandes grupos hispanos en los Estados Unidos son los de origen

_____, _____ y _____.

2. El grupo minoritario más numeroso: _____

3. Áreas en los que se destacan muchos méxicoamericanos:

_____, _____ y _____

4. Ciudadanía de los puertorriqueños: _____

5. Profesión en la que muchos puertorriqueños alcanzan altos grados:

_____

6. Régimen actual de Cuba: _____

7. Ciudad más rica y moderna del mundo hispanohablante:

_____

Para escribir

Escriba dos o tres párrafos, describiendo algunos problemas sociales de las ciudades y algunas posibles soluciones.

_____

_____

_____

_____

_____

_____

_____

_____

_____

_____

_____

_____

LECCIÓN 8

Actividades para el laboratorio

I. Estructuras gramaticales

A. The speaker will ask you some questions. Answer each question, using the cues provided. The speaker will verify your response. Repeat the correct answer. Follow the model.

> *Modelo:* ¿Qué quería tu mamá que Uds. hicieran? (ir a la fábrica)
> *Quería que fuéramos a la fábrica.*

B. Answer each question you hear, using the cues provided. The speaker will verify your response. Repeat the correct answer. Follow the model.

> *Modelo:* ¿Por qué no vienes a verme? (tener tiempo)
> *Vendría si tuviera tiempo.*

Now listen to the new model.

> *Modelo:* ¿Van a venir Uds. mañana? (tener tiempo)
> *Sí, vamos a venir si tenemos tiempo.*

C. The speaker will ask you some questions. Answer them in the negative. The speaker will verify your response. Repeat the correct answer.

D. Carlos is a friend to everyone, and he was glad about all the good things that had happened one summer. Indicate this after each statement. The speaker will verify your response. Repeat the correct answer. Follow the model.

> *Modelo:* Pedro había vendido su casa.
> *Carlos se alegró de que Pedro hubiera vendido su casa.*

E. Answer the questions, using the cues provided. The speaker will verify your response. Repeat the correct answer. Follow the model.

> *Modelo:* ¿Tú habrías ido a Lima? (poder)
> *Habría ido si hubiera podido.*

II. Diálogos

The dialogues, the newscast, and the editorial will be read twice. Pay close attention to their content and also to the intonation and pronunciation patterns of the speakers.

Now listen to dialogue 1.

EDUARDO: Laura, ¿qué te pareció lo que dijo el jefe de policía anoche?

LAURA: Me pareció magnífico. Estoy de acuerdo con él en que hay que hacer algo para terminar con la violencia. ¿Y tú, qué crees?

EDUARDO: Yo creo lo mismo, pero no va a ser fácil resolver el problema.

LAURA: ¿Por qué dices eso, Eduardo?

EDUARDO: Porque cada día hay más pandillas y cada día mueren más personas inocentes.

LAURA Si yo pudiera, los pondría a todos en la cárcel.

EDUARDO: Sí, estoy seguro de que si tuviéramos leyes más estrictas, habría menos crímenes.
LAURA: Es verdad. A menos que hagamos algo pronto, nadie va a poder sentirse seguro en este país.

Ejercicio de comprensión

The speaker will now ask you some questions based on the dialogue. Answer each question, always omitting the subject. The speaker will verify your response. Repeat the correct answer.

Now listen to the newscast.

A continuación, vamos a tener nuestra sección especial ¿Qué pasó ayer? ¡Escuchemos las noticias!

Noticias nacionales de última hora:

Ayer a las tres de la tarde un grupo de hombres entró en el Banco Central, en la calle San Martín, y se llevó una gran cantidad de dinero. El robo ocurrió cuando el banco ya estaba cerrado. La policía busca a los autores del robo, pero todavía no los ha arrestado.

Dos jóvenes, que pertenecían a una pandilla, murieron anoche en el Parque Central y cuatro resultaron heridos y tuvieron que ser transportados al hospital. Uno de los heridos está en estado crítico. Se cree que uno de los muertos es el líder de la pandilla, pero no sabremos su nombre hasta que la policía se haya comunicado con su familia.

Se reunieron hoy en la capital los miembros de varias organizaciones interesadas en la protección del medio ambiente. Discutieron posibles medidas para disminuir la contaminación del aire. Consideraron, entre otras cosas, la posibilidad de mejorar los sistemas de transporte colectivo en el país.

Ejercicio de comprensión

The speaker will now ask you some questions based on the newscast. Answer each question, always omitting the subject. The speaker will verify your response. Repeat the correct answer.

Now listen to the editorial.

Y ahora escuchemos el comentario editorial de hoy en la voz de Fernando Barrios.

La falta de responsabilidad de mucha gente en lo que se relaciona con el medio ambiente ha alcanzado límites intolerables. En vez de tratar de reciclar objetos de vidrio o de plástico, papel, etc., sigue poniendo todo eso en la basura. La cantidad de desperdicios que hay que llevar a los basureros municipales es increíble. Otra cosa: A pesar de que la ciudad dispone de vertederos municipales donde se pueden echar los desechos de productos químicos, la mayoría de la gente continúa echándolos en los desagües. ¿Qué mundo vamos a dejarles a nuestros hijos y a nuestros nietos? ¿Agua y aire contaminados?

Hay que cooperar con aquellas personas que están tratando de salvar nuestro planeta. Piénsenlo bien, estimados amigos, y pregúntense: "¿Soy parte de la solución o del problema?"

Ejercicio de comprensión

The speaker will now ask you some questions based on the editorial. Answer each question, always omitting the subject. The speaker will verify your response. Repeat the correct answer.

Now listen to dialogue 2.

This dialogue does not appear in your lab manual, so pay close attention.

Ejercicio de comprensión

The speaker will now make statements about the dialogue. One out of every two statements will be incorrect. Repeat the correct statement. The speaker will verify your response.

III. ¿Lógico o ilógico?

You will hear some statements. Circle **L** if the statement is logical or **I** if it is illogical. The speaker will verify your response.

1. L I	4. L I	7. L I	10. L I	13. L I
2. L I	5. L I	8. L I	11. L I	14. L I
3. L I	6. L I	9. L I	12. L I	15. L I

IV. Pronunciación

When you hear the number, read the corresponding sentence aloud. The speaker will then read the sentence correctly. Repeat it again.

1. Van a hablar de los problemas sociales y ambientales de las grandes ciudades.

2. Primero debemos indentificar los problemas y después hablar de las posibles soluciones.

3. Sugiero que empecemos por los problemas de la contaminación.

4. Poco a poco se están dando pasos para resolverlo.

5. Podemos utilizar productos biodegradables y reciclar todo tipo de materiales.

6. Estos problemas son muy complejos y cada día parecen agravarse.

7. Según las últimas estadísticas, ni aún los pueblos pequeños están libres de las drogas.

8. Estos problemas se habrían solucionando ya si se hubiera educado mejor al pueblo.

V. Para escuchar y escribir

Tome nota

You will hear a recording of a radio program. First listen carefully for general comprehension. Then, as you listen for a second time, fill in the information requested.

Nombre del programa _____

Presentador _____

Tema del programa _____

_____

Problemas	**Soluciones**
La contaminación del aire	_____
	_____
	_____
Cómo mantener limpios los barrios	_____
	_____
	_____

Problemas	Soluciones
Cómo promover el reciclaje	_____
	_____
	_____
Los desechos químicos	_____
	_____
Las personas sin hogar	_____
	_____
	_____
Las pandillas	_____
	_____
	_____

Dictado

The speaker will read each sentence twice. After the first reading, write what you heard. After the second reading, check your work and fill in what you missed.

1. _____

_____

2. _____

_____

3. _____

_____

4. _____

_____

5. _____

_____

6. _____

_____

7. _____

_____

8. _____

_____

LECCIÓN 9

Actividades para escribir

I. El subjuntivo: Resumen general

A. Resumen de los usos del subjuntivo en las cláusulas subordinadas

Un reportaje a la actriz de cine Victoria Montoya

Miguel Ortiz habla con Victoria Montoya, una famosa actriz. Complete la entrevista, usando los verbos dados en el infinitivo, el presente de subjuntivo o el presente de indicativo.

MIGUEL: Hola, Victoria. ¿Cómo estás?

VICTORIA: Muy bien, Miguel. Me alegro de _____ (estar) aquí hoy.

MIGUEL: Quiero que (tú) _____ (saber) que soy uno de tus admiradores.

VICTORIA: ¡Muy amable! Espero que (tú) _____ (ir) a ver el estreno de mi última película.

MIGUEL: Siempre voy a ver tus películas en cuanto (ellos) las _____ (estrenar). ¿Tienes algún proyecto entre manos?

VICTORIA: Sí, tan pronto como Arturo y yo _____ (llegar) a México, voy a empezar a filmar una película con Fernando de la Torre.

MIGUEL: ¿Y tu esposo? ¿Qué planes tiene él?

VICTORIA: Arturo es el productor y director, y yo creo que mis mejores películas _____ (ser) aquellas en las que él y yo cooperamos.

MIGUEL: Bueno, yo dudo que (tú) _____ (poder) encontrar un director que _____ (tener) más experiencia que él.

VICTORIA: Es verdad que Arturo _____ (tener) mucho éxito en el cine.

MIGUEL: ¿Y tu hija? ¿Desea _____ (seguir) tus pasos?

VICTORIA: Sí, pero es importante que (ella) _____ (hacer) otras cosas antes de tomar esa decision.

MIGUEL: Dicen que está enamorada de un famoso jugador de fútbol...

VICTORIA: ¿De Rafael Viñas? No es verdad que Gabriela _____ (estar) enamorada de él. Ellos son amigos...

MIGUEL: Bueno, ha sido un placer hablar contigo. Ojalá que tú y tu familia _____ (volver) a Caracas.

VICTORIA: Sí, esperamos _____ (regresar) en enero.

B. Concordancia de los tiempos con el subjuntivo

Un director y un productor de cine hablan de un proyecto que tienen entre manos (*in the works*). Indique Ud. lo que dice cada uno, usando la información dada y los tiempos correctos del subjuntivo.

1. No podemos contratar a Rocío Santacruz.

   Productor: Temo que _____

   _____.

2. Ella quiere más dinero.

   Director: No me sorprendería que ella _____

   _____.

3. Ella quiere quedarse en Hollywood.

   Productor: No creí que ella _____

   _____.

4. Marisol Peña firma un contrato con esta compañía.

   Director: Yo le he sugerido a Marisol Peña que _____

   _____.

5. Nosotros empezamos a filmar el año pasado.

   Productor: Habría sido mejor si nosotros _____

   _____.

6. Mi asistente ha llamado a los otros actores.

   Director: Espero que mi asistente _____

   _____.

II. Usos de algunas preposiciones

Marcelo y Silvia nunca están de acuerdo en nada, especialmente cuando se trata de los programas de televisión. Complete Ud. esta conversación entre ellos, usando las preposiciones **a**, **de** o **en**, según corresponda.

SILVIA: ¿_____ qué hora empiezas _____ mirar tu programa?

MARCELO: _____ las seis. Pedro Fuentes va _____ hablar _____ sus deportes favoritos.

SILVIA: ¡Ay, no! _____ esa hora miro mi telenovela. Hoy presentan _____ Esperanza, un nuevo personaje.

MARCELO: ¡Pero Pedro Fuentes va _____ enseñar _____ jugar al golf!

SILVIA: ¿Tú crees que puedes aprender _____ jugar al golf mirando televisión? ¿Y te crees el más inteligente _____ la familia? ¡Ja!

MARCELO: ¡_____ serio! Pedro Fuentes es el mejor jugador _____ este país.

SILVIA: Un momento... ¿Estás hablando _____ Pedro Fuentes, que acaba de llegar

_____ esta ciudad?

MARCELO: Sí, tú lo conociste _____ casa de Teresa... Un muchacho rubio, _____

ojos verdes...

SILVIA: ¡Es guapísimo! Voy _____ mirar el programa contigo.

III. Verbos con preposiciones

¿En qué están pensando? Todas estas personas están en el cine, y la película resultó ser aburridísima. Lea sus pensamientos.

LUIS: ¡Ay, Marisa...! ¡Tengo que invitarla a salir...! No me interesa ninguna otra chica. ¡La amo!
TATIANA: Mañana a las siete... El número de Ana: 843-2532... ¿438-2523...? Carlos no está comprometido. ¡Qué suerte!
MARCOS: Mis amigos, el sábado... ¡Ay, no! Tengo una cita con Beatriz... ¡Y el sábado estrenan la película de Antonio Banderas!
PAOLA: Ver París... Mi fiesta de compromiso... Rogelio y yo... la boda el 17 de julio... ¿Otra fecha...? ¡No! ¡El 17 de julio!
BRAULIO: Jaime es mi mejor amigo... Sé que tengo su ayuda...
LUCÍA: Mi papá me estaba esperando en mi apartamento... Vamos a ir juntos al teatro.

¡Ahora conteste!

1. ¿*En* quién está *pensando* Luis?

   _____

2. ¿Qué va a *tratar de* hacer?

   _____

3. ¿Luis *se fija en* otras chicas?

   _____

4. ¿Ud. cree que Luis está *enamorado de* Marisa?

   _____

5. ¿A qué hora piensa *salir* Tatiana *de* su casa mañana?

   _____

6. ¿*De* qué no *se acuerda* Tatiana?

   _____

7. ¿*De* qué *se alegra* Tatiana?

   _____

8. ¿*Con* quiénes piensa *encontrarse* Marcos el sábado?

   _____

9. ¿*De* qué *se había olvidado* Marcos?

   _____

10. ¿*De* qué *se da cuenta* Marcos?

    _____

11. *¿Con qué sueña Paola?*

_____

12. *¿Con quién se comprometió Paola?*

_____

13. *¿Con quién se va a casar Paola?*

_____

14. *¿En qué insiste Paola?*

_____

15. *¿En quién puede confiar Braulio?*

_____

16. *¿Con qué puede contar Braulio?*

_____

17. *¿A quién vio Lucía cuando entró en su apartamento?*

_____

18. *¿En qué convinieron Lucía y su papá?*

_____

IV. El infinitivo

Un futuro actor

Pablo Allende asiste al Instituto de Artes y estudia música. Use frases que contienen el infinitivo para terminar las aseveraciones que se hacen con respecto a su vida.

1. Esta mañana, como todas la mañanas, Pablo se baña, se viste y desayuna

_____ de su casa.

2. _____ al Instituto cuando uno de sus profesores lo llama.

3. El profesor Leyva le dice que anoche lo _____ y que canta muy bien.

4. Pablo le agradece sus palabras y le dice que _____ ha sido siempre muy importante para él y que quizá va a ser cantante.

5. Al muchacho le encanta el cine. El sábado próximo _____ al estreno de una película española.

6. Por la noche, Pablo prepara una cena para tres amigos. Piensa servir vino. Tiene una botella

_____.

7. Uno de sus amigos trata de encender (*light*) un cigarrillo, pero Pablo le muestra un letrero que tiene en la pared de la cocina, que dice _____.

8. Sus amigos se van a las diez y Pablo _____ el periódico.

9. Pablo ha llamado a su novia a las ocho, a las nueve y a las diez, pero ella no está en su casa.

_____ a las once, charla un rato con ella y luego se acuesta.

V. En general

Lo que oímos

Éstos son trozos de conversaciones que se oyen. Complételos, usando el equivalente español de las palabras que aparecen entre paréntesis.

1. —¿Qué vas a hacer cuando ella _____ su nuevo álbum. (*releases*)

   —Lo voy a comprar.

2. —No es verdad que Luz Peña _____. (*performs in that soap opera*)

   —¡Sí, es verdad! ¡Y _____ un premio! (*has just received*)

3. —Yo le pedí a Eva _____ a ver el desfile. (*to take me*)

   —¡Ya lo sé! Ella quería que yo _____. (*try to go*)

4. —Yo _____ que ella había grabado esa canción. (*didn't realize*)

   —Sí, la grabó el mes pasado.

5. — _____ que ella

   _____ Pedro. (*I am glad / has married*)

   —¡Pues _____ con Pablo! (*she had gotten engaged to*)

VI. Palabras problemáticas

¿Qué decimos?

Escoja las palabras apropiadas para terminar cada aseveración.

1. El director es un hombre guapo, de estatura (media, mediana).
2. Trabaja (debajo, bajo) la dirección de Rogelio Cruz.
3. La oficina del productor está (abajo, debajo de), en el primer piso.
4. Estaban bailando en el (medio, mediano) de la pista.
5. Regresamos (a mediados, mediano) de julio.
6. Los dos actores estaban sentados (abajo, debajo) de un árbol.

VII. Crucigrama

1. mostrar (una película) por primera vez
4. En esa película van a _____ varias estrellas.
5. persona que anuncia en radio o televisión
6. lo que hacen los actores
8. lo que escuchamos durante el telediario
9. que tiene encanto (ella)
10. Los bailarines están en la _____ de baile.
13. persona que mira la tele
15. show
16. opuesto de **verdad**
18. *queen* en español
19. oír, prestar atención
21. Vienen a _____ de octubre.... El 16...
22. Esa _____ publica todos mis libros.
23. telenoticias
24. opuesto de **arriba**

2. añadir
3. personaje principal
5. Filmaron la escena en cámara _____.
7. *The Young and the Restless*, por ejemplo
10. el *Oscar*, por ejemplo
11. Julia Roberts, por ejemplo
12. cien años
14. actriz muy importante y famosa
17. el que produce una película
20. entrevista

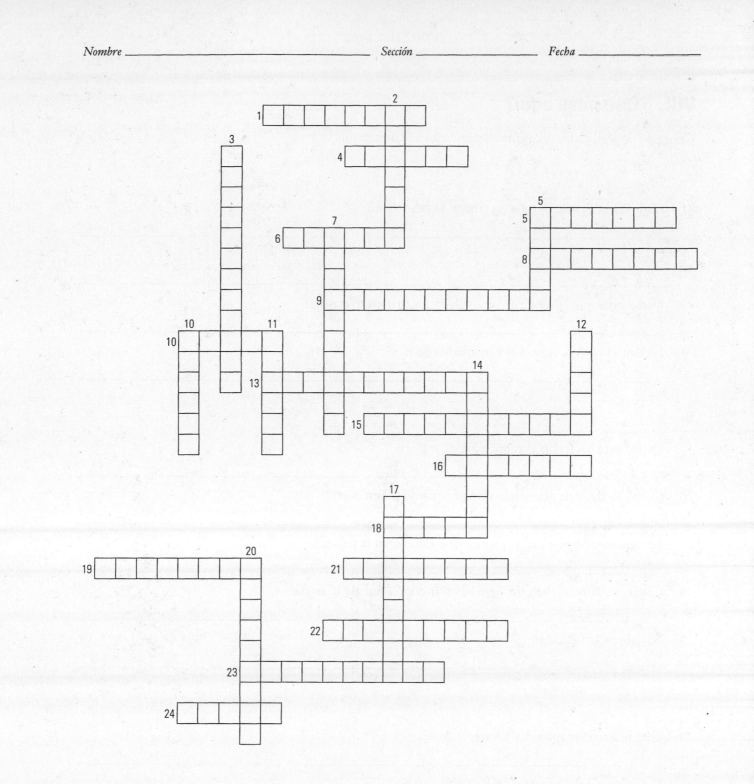

VIII. ¿Qué pasa aquí?

Conteste las siguientes preguntas de acuerdo a la ilustración.

A.

1. ¿Lupe Cruz es una estrella de cine o de televisión?

   _____

2. ¿Qué acaba de ganar?

   _____

3. ¿Usted cree que Lupe Cruz va a volver a actuar en televisión?

   _____

4. ¿Le dan el premio a fines o a mediados de mes?

   _____

B.

5. ¿Quién está haciendo el reportaje?

   _____

6. ¿Cómo se llama la actriz que está otorgando la entrevista?

   _____

7. ¿En qué mes le gustaría a la actriz que estrenaran la película?

   _____

8. ¿Cómo se llama el director bajo cuya dirección trabajó la actriz?

   _____

9. ¿Nombran la película?

   _____

C.

10. ¿Qué le gustaría aprender a hacer a Ana?

    _____

11. ¿De quién estaba enamorado Roberto antes?

    _____

12. ¿A quién quiere ahora?

    _____

13. Alfredo dijo que se había casado con una millonaria. ¿Lo dijo en serio? ¿Cómo lo dijo?

    _____

A

B

C

D

D.

14. ¿Qué está haciendo Mirta?

_____

15. ¿Los pasos de qué baile le gustaría aprender?

_____

16. ¿Alina está mirando una telenovela o el telediario?

_____

17. ¿Dónde está el gato de Alina?

_____

18. ¿Alina está sentada en una silla o en una reclinadora?

_____

IX. El mundo hispánico: Argentina

Repase "El mundo hispánico" en las páginas 271–272 de *¡Continuemos!* y complete lo siguiente.

1. Ciudad uruguaya donde se celebra el festival de cine: _____

2. Capital de Uruguay: _____

3. Lugar que ocupa Argentina en el mundo por su extensión territorial:

   _____

4. Característica geográfica principal del país: _____

5. Extensión de la Pampa: desde el océano _____ hasta los

   _____

6. Pico más alto del mundo occidental: _____

7. Río que pasa por Buenos Aires: _____

8. Personas nacidas en Buenos Aires: _____

9. Áreas donde se ve la influencia francesa: _____ y

   _____

10. Otras influencias europeas: la _____,

    la _____ y la _____

Para escribir

Prepare diez preguntas para hacerle una entrevista a su actor favorito o actriz favorita. Consiga la información necesaria para contestar cada pregunta y escriba un reportaje.

_____

_____

_____

_____

_____

_____

_____

_____

_____

_____

LECCIÓN 9

Actividades para el laboratorio

I. Estructuras gramaticales

A. The speaker will ask you some questions. Answer them, using the cues provided. Pay attention to the use of the infinitive, present indicative or present subjunctive, as appropriate. The speaker will verify your response. Repeat the correct answer.

B. The speaker will ask you some questions. Answer each question you hear, using the cues provided. Pay special attention to the prepositions used. The speaker will verify your response. Repeat the correct answer.

C. The speaker will ask you some questions. Answer them, providing the appropriate prepositions and using the cues provided. The speaker will verify your response. Repeat the correct answer. Follow the model.

> *Modelo:* ¿Roberto se va a casar? (sí, Ángela)
> *Sí, se va a casar con Ángela.*

D. The speaker will ask you some questions. Answer the questions, using the cues provided. The speaker will verify your response. Repeat the correct answer. Follow the model.

> *Modelo:* ¿Qué es más importante: ser bonita o ser encantadora? (ser encantadora)
> *Es más importante ser encantadora.*

II. Diálogos y comentarios

Each dialogue and the ad will be read twice. Pay close attention to the content of each dialogue and the ad and also to the intonation and pronunciation patterns of the speakers.

Now listen to dialogue 1.

PACO: Esa película que pasaron por televisión anoche tenía escenas demasiado violentas.
NORA: Bueno, no niego que eran violentas, pero eran parte importante de la acción.
PACO: No estoy de acuerdo y creo que en este caso la censura estaría justificada. ¡Imagínate si la hubieran visto los niños!
NORA: Son los padres quienes deben responsabilizarse de los programas que miran sus hijos, no el gobierno.
PACO: Si yo fuera el presidente, prohibiría ese tipo de programa en la televisión.
NORA: Pues me alegro de que no seas el presidente, porque tú empezarías suprimiendo ciertos programas y acabarías censurándolo todo.
PACO: Todo no, pero suprimiría la mayoría de los programas que hay hoy.

Ejercicio de comprensión

The speaker will now ask you some questions based on the dialogue. Answer each question, always omitting the subject. The speaker will verify your response. Repeat the correct answer.

¡Continuemos! • **Lección 9**   137

Now listen to dialogue 2.

SERGIO: Me encanta esta telenovela. Empezó a mediados del año pasado y nunca me pierdo un episodio.

BEATRIZ: No vale la pena perder el tiempo mirando telenovelas. ¡Son todas estúpidas!

SERGIO: No estoy de acuerdo contigo; ésta es muy interesante. Y hay otra en el canal cinco...

BEATRIZ: ¡Ay, Sergio! ¡No puede ser! ¡Si me lo hubieran dicho no lo habría creído! ¡Tú eres adicto a las telenovelas!

SERGIO: Bueno, confieso que me gustan. Es una lástima que no pueda mirar dos a la vez...

Ejercicio de comprensión

The speaker will now ask you some questions based on the dialogue. Answer each question, always omitting the subject. The speaker will verify your response. Repeat the correct answer.

Now listen to dialogue 3.

This dialogue will not appear in your lab manual, so pay close attention.

Ejercicio de comprensión

The speaker will make statements about the dialogue. One out of every two statements will be incorrect. Repeat the correct statement. The speaker will verify your answer.

Now listen to the following comments about the world of movies and television.

Ahora escuchen nuestros comentarios sobre el cine y la T.V.

Esta semana, en el mundo del cine:

Se estrenó la última película del gran actor español Víctor Lagar, *La noche del sábado*. La crítica ha sido muy favorable, aunque ha habido algunos comentarios negativos sobre la violencia en algunas escenas, que, según estos críticos, tendrían que haber sido censuradas.

Y en el mundo de la televisión:

En la pantalla chica se anuncia el comienzo de una nueva telenovela, *Arena blanca*, en la cual el papel de la protagonista va a ser interpretado por Patricia Villalobos, una actriz poco conocida en este país, pero que ha triunfado en el teatro español. Todas las escenas exteriores han sido filmadas en las famosas playas de Cancún.

Hasta el próximo domingo, en que volveremos a estar con ustedes.

Ejercicio de comprensión

The speaker will now ask you some questions based on the comments you have heard. Answer each question, always omitting the subject. The speaker will verify your response. Repeat the correct answer.

III. ¿Lógico o ilógico?

You will hear some statements. Circle **L** if the statement is logical or **I** if it is illogical. The speaker will verify your response.

1. L I	4. L I	7. L I	10. L I	13. L I
2. L I	5. L I	8. L I	11. L I	14. L I
3. L I	6. L I	9. L I	12. L I	15. L I

IV. Pronunciación

When you hear the number, read the corresponding sentence aloud. The speaker will then read the sentence correctly. Repeat it again.

1. La telenovela _La mentira_ se estrenará a mediados de julio.
2. Pensaba volver a trabajar bajo la dirección del famoso director y productor uruguayo.
3. Paola no pudo negar que estaba muy enamorada de Mario Juncal.
4. La música de salsa sólo se escuchaba esporádicamente en algunas discotecas.
5. Últimamente han surgido en muchas ciudades del mundo varias escuelas de baile.
6. La gente pasa horas en las pistas de baile para mejorar su estilo.
7. Bailar ritmos latinos se ha puesto de moda.
8. Christina Aguilera es la nueva reina, nombrada por los críticos como "La voz del siglo".

V. Para escuchar y escribir

Tome nota

You will now hear Carlos Cabañas interviewing the Chilean actress, Patricia Villalobos. First listen carefully for general comprehension. Then, as you listen for a second time, fill in the information requested.

ENTREVISTA CON PATRICIA VILLALOBOS

Lugar de nacimiento: _____

País: _____

Edad en la que comenzó a actuar: _____

Tiempo que ha estado en México: _____

Nombre de la telenovela: _____

Fecha del comienzo de la telenovela: _____

Actor principal: _____

Planes futuros: _____

	Sí	No
Teatro	☐	☐
Cine	☐	☐

Ciudad donde le gustaría filmar una película: _____

Dictado

The speaker will read each sentence twice. After the first reading, write what you heard. After the second reading, check your work and fill in what you missed.

1. _____

_____

2. _____

_____

3. _____

_____

4. _____

_____

5. _____

_____

6. _____

_____

7. _____

_____

8. _____

_____

LECCIÓN 10

Actividades para escribir

I. La voz pasiva

| La compañía Sandoval |

¿Qué sabemos de la compañía Sandoval? Dígalo Ud., cambiando todas las oraciones a la voz pasiva.

1. Fundaron la compañía en el año 1970.

   _____.

2. El jefe de personal contrató a todos los empleados.

   _____.

3. Compraron la nueva maquinaria en septiembre.

   _____.

4. Hacen muchos productos en el extranjero.

   _____.

5. Crean muchos puestos nuevos todos los años.

   _____.

6. Aumentarán los salarios el año próximo.

   _____.

7. Han almacenado toda la información necesaria.

   _____.

8. Si tuvieran más programadores diseñarían más programas.

9. Personas bilingües desempeñarán varios puestos.

   _____.

10. Habían encargado doscientos ordenadores portátiles.

    _____.

II. Construcciones con *se*

| Sucesos diarios |

Todos los días se hacen muchas cosas en la compañía Sandoval. Exprese Ud. esto, usando construcciones con **se** y la información dada.

1. Firmar contratos.

   _____.

2. Hacer etiquetas para los productos.

   _____.

3. Preparar las ventas.

_____.

4. Enviar mensajes por correo electrónico.

_____.

5. Trabajar tiempo extra.

_____.

6. Terminar el trabajo.

_____.

III. Usos especiales de *se*

¡Problemas!   Éstas son las cosas que sucedieron ayer, que causaron problemas que hubo que resolver. Indique Ud. lo que pasó, usando construcciones especiales con **se**.

1. A mí / perder la llave de la oficina

_____.

2. Al señor Paz / descomponer dos máquinas

_____.

3. A ti / perder cinco letreros

_____.

4. A nosotros / olvidar los contratos

_____.

5. A la señorita Soto / romper todas las tazas

_____.

6. A los empleados / olvidar / organizar la venta

_____.

IV. Algunas expresiones idiomáticas comunes

El personal de una empresa   Lea las descripciones de los empleados que trabajan para una compañía y complételas, usando las expresiones idiomáticas correspondientes.

1. Carlos Vega no siempre quiere trabajar, de modo que hace muchas cosas

_____.

2. María Casas, una de las supervisoras, siempre dice exactamente lo que piensa.

_____.

3. Mario Hurtado, analista de sistemas, es muy eficiente y, cuando dice lo que se debe hacer,

generalmente _____.

4. Marisol Fuentes es una joven inteligentísima con un gran sentido del humor. En realidad,

_____ .

5. Pedro Santos muchas veces llega tarde, pero el supervisor

_____ porque es su tío.

6. Teresa Barrios es un poco paranoica y ve "planes siniestros en todas partes". Siempre dice:

_____ .

7. Marcos Vera nunca está conforme (*satisfied*) con las decisiones de los supervisores, y a todo

_____ .

8. Soledad Miranda es un poco sorda (*deaf*) y siempre habla

_____ .

9. Luis Carreras es muy nervioso y se enoja fácilmente.

_____ cuando algún

empleado hace algo mal.

10. Celia Reyes _____, pero

en realidad es muy inteligente y sabe manipular a la gente.

11. Cuando Elisa González tiene que hacer algo, lo hace en seguida. Lo hace

_____ .

12. Marcela Santos es muy distraída (*absent-minded*) y nunca sabe el día ni la fecha. Constantemente

pregunta: _____

V. En general

Lo que oímos   Éstos son trozos de conversaciones que se oyen. Complételos, usando el equivalente español de las palabras que aparecen entre paréntesis.

1. —¿Tú crees que Paco _____ su vida? (*endangered*)

   —¡_____! (*I don't doubt it*)

2. —Quiero que sigas mis instrucciones _____ (*to the letter*).

   —¡Tú sabes que yo siempre _____! (*pay attention to you*)

3. —Amanda siempre _____ cuando trata de bailar la salsa. (*makes fool of herself*)

   —Es verdad. _____, ella no sabe bailar y no tiene sentido del ritmo. (*After all*)

4. —_____ cuando pienso en los tamales que prepara mi mamá. (*My mouth waters*)

   —Yo no puedo preparar tamales como ésos _____ la receta... (*for the lack of*)

5. —¿Cómo se llama el novio de Adela? Ella _____ cuando se lo pregunto. (*plays dumb*)

—Se llama Toto... Tito... o _____. (*something like that*)

6. —Lo pesqué _____, pero no sé qué hacer... (*red handed*)

—_____ vas a tener que hablar con la policía. (*So*)

7. —Pablo está muy triste. Tienes que tratar de _____. (*cheer him up*)

—Es que si voy a su casa, su mamá se va a enojar... Si él viene a mi casa mi papá se va a poner furioso. ¡No sé qué hacer! ¡Estoy _____!
(*between a rock and a hard place*)

8. —¿A qué hora _____ los bancos? (*do they open*)

—No sé, pero _____ a las cinco. (*they close*)

VI. Palabras problemáticas

¿Qué decimos? Escoja las palabras apropiadas para terminar cada aseveración.

1. Según ese (letrero, signo) estamos a cuarenta kilómetros de la capital.

2. Voy a poner (un signo, una señal) en el libro para saber dónde quedé.

3. La X es (el signo, la señal) de multiplicar.

4. Marcos (consiguió, recibió) el puesto de contador.

5. Beto (recibió, consiguió) una carta de su hermana.

VII. Crucigrama

Horizontal

2. por mes
4. por semana
5. El _____ dice: "Se prohíbe fumar".
9. Mi dirección es Apartado _____ 458.
10. ¿Usas un _____ de textos?
11. Ella piensa _____ el puesto de analista de sistemas.
12. Vive en los Estados Unidos, pero no es americana; es _____.
14. Tengo un teléfono _____.
16. Es _____. Habla inglés y español.
18. opuesto de **comprador**
22. Estoy hasta la _____ de mi jefe.
23. Necesito una carta de recomendación de mi jefe _____.
24. por año
25. emplear

Vertical

1. salario
3. Tiene un puesto muy importante; es un _____.
6. mujer que trabaja para una compañía
7. Trabaja _____ extra.
8. ordenador portátil
12. trabajo
13. retiro
15. necesitamos
17. pedir
19. por día
20. aspirante
21. Recibimos mensajes por correo _____.

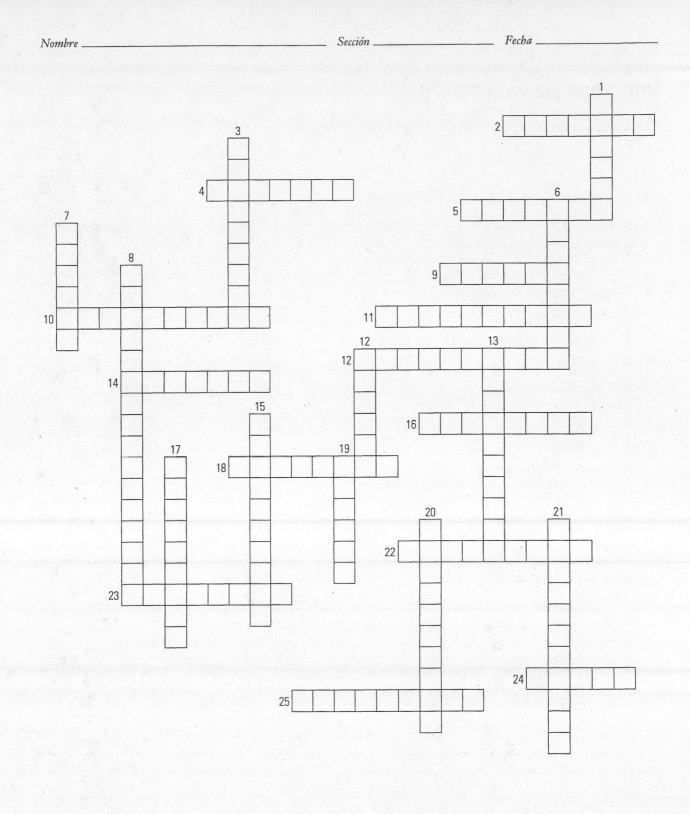

VIII. ¿Qué pasa aquí?

Conteste las siguientes preguntas de acuerdo a la ilustración.

A.

1. ¿Qué quiere el señor Rivas que le dé su jefa?

_____

2. ¿Ella le dice que sí o que no?

_____

3. ¿Cuál es el sueldo anual del señor Rivas?

_____

4. ¿Cuál es el sueldo mensual del señor Rivas?

_____

5. ¿Cuánto gana por semana?

_____

B.

6. ¿Para qué compañía trabaja la Srta. Soldán?

_____

7. ¿Qué puesto desempeña?

_____

8. ¿Cuál era su trabajo anterior?

_____

9. ¿La Srta. Soldán ha vivido siempre en los Estados Unidos?

_____

10. ¿En qué país extranjero vivía y trabajaba la Srta. Soldán?

_____

11. ¿Qué tiene la Srta. Soldán en la mano?

_____

C.

12. ¿Qué tiene que hacer Rita con el documento que tiene en la mano?

_____

13. ¿Le gusta a Rita su trabajo?

_____

A

B

C

D

14. ¿Cómo se siente Rita con respecto a su trabajo?

_____

15. ¿Qué se le cayó a Rita?

_____

D.

16. ¿Qué tiene Fernando en el regazo (*lap*)?

_____

17. ¿Cómo cree usted que Fernando se comunica con los ejecutivos de la empresa?

_____

18. ¿La otra persona tiene que esperar mucho tiempo para recibir el mensaje o lo recibe en el acto?

_____

19. ¿A cuánto estamos hoy?

_____

IX. El mundo hispánico: Las Antillas

Repase "El múndo hispánico" en las páginas 301–302 de *¡Continuemos!* y complete lo siguiente.

1. Descripción física de la isla de Cuba: _____ y _____

2. Nombre que se le da a Cuba: _____

3. Productos de exportación de Cuba: _____ y _____

4. Algunos ritmos cubanos: el _____, la _____,
   el _____ y la _____

5. Relación que tiene Puerto Rico con los Estados Unidos:

   _____

6. Idiomas oficiales de Puerto Rico: _____ y _____

7. Capital de Puerto Rico: _____

8. En el viejo San Juan se encuentra el _____, una antigua fortaleza de la
   antigua época _____.

9. País que comparte una isla con la República Dominicana: _____

10. Base de la economía dominicana: _____

11. Deporte más popular de la República Dominicana:

    _____

12. Capital de la República Dominicana: _____, que fue la
    _____ ciudad europea fundada en el nuevo mundo.

Para escribir

Prepare un resumé, dando detalles sobre su persona e indicando su educación y experiencia. Incluya sus conocimientos de la tecnología.

_____

_____

_____

_____

_____

_____

_____

_____

_____

_____

_____

LECCIÓN 10

Actividades para el laboratorio

I. Estructuras gramaticales

A. Answer the questions about the España Company, using the passive voice and the cues given in your answers. The speaker will verify your response. Repeat the correct answer. Follow the model.

> *Modelo:* ¿En qué año fundaron la compañía? (en 1980)
> *La compañía fue fundada en 1980.*

B. You work at the information booth at the mall. Answer each question you are asked, using the cues provided. Pay special attention to the use of the passive **se** or the impersonal **se**. The speaker will verify your response. Repeat the correct answer.

C. Say what happened to the objects named, using the cues provided. The speaker will verify your response. Repeat the correct answer. Follow the model.

> *Modelo:* ¿Qué se te perdió? (el libro)
> *Se me perdió el libro.*

D. The speaker will make some statements about what has happened. Indicate that it is not true that any of these things have taken place. Answer the questions. The speaker will verify your response. Repeat the correct answer. Follow the model.

> *Modelo:* Eva se ha puesto en ridículo.
> *No es verdad que Eva se haya puesto en ridículo.*

II. Diálogos

Each dialogue will be read twice. Pay close attention to the content of the dialogue and also to the intonation and pronunciation patterns of the speakers.

Now listen to dialogue 1.

ANABEL: ¿Qué puesto vas a solicitar, Fernando?
FERNANDO: El puesto de vendedor, porque quieren a alguien que esté disponible para viajar, o vivir en el extranjero.
ANABEL: Pero tú solamente hablas español...
FERNANDO: Recuerda que tú y yo tomamos francés juntos, Anabel.
ANABEL: Sí, pero yo continué y tú dejaste la clase a las dos semanas... Los otros postulantes probablemente son bilingües.
FERNANDO: ¡Qué pesimista eres! Yo sé hacer muchas cosas: navegar la Red... usar un teléfono celular...
ANABEL: (*Riéndose*) ¡Ah, bueno! ¡En ese caso te van a contratar inmediatamente!

Ejercicio de comprensión

The speaker will now ask you some questions based on the dialogue. Answer each question, always omitting the subject. The speaker will verify your response. Repeat the correct answer.

Now listen to dialogue 2.

ARMANDO: ¿Te dieron el aumento de sueldo que pediste, Isabel?

ISABEL: No, no me lo dieron. Mi jefa me dijo que yo no tenía mucha experiencia y que la empresa iba a tener que despedir a muchos de sus empleados.

ARMANDO: Lo siento... yo sé que tienes muchos gastos... Si precisas dinero...

ISABEL: Gracias, Armando. Eres un buen amigo... Voy a tratar de conseguir otro trabajo que pague más, pero no ahora. ¿Y tú? ¿Por qué estás esperando el ómnibus? ¿Dónde está tu coche?

ARMANDO: Se me descompuso... Tengo que llevarlo al mecánico otra vez. ¡Estoy hasta la coronilla de ese auto! Uno de estos días me compro uno nuevo... ¡tan pronto como gane la lotería!

Ejercicio de comprensión

The speaker will now ask you some questions based on the dialogue. Answer each question, always omitting the subject. The speaker will verify your response. Repeat the correct answer.

Now listen to dialogue 3.

SERGIO: Ay, Estela, se me olvidó llamar a mi jefe anterior para pedirle una carta de recomendación.

ESTELA: Pero, Sergio, tampoco has mandado tu resumé. ¿Cuándo tienen las entrevistas?

SERGIO: La semana próxima. Pero no creo que me den el puesto a mí. Quieren a alguien que tenga una maestría en mercadeo o en relaciones públicas.

ESTELA: Y tu maestría es en historia del arte... ¿Cómo vas a desempeñar el puesto de director de producción?

SERGIO: Puedo aprender... y acuérdate de que tengo un ordenador portátil, y sé usar un procesador de textos... y he diseñado programas...

ESTELA: Pues tienes razón... tienes mucho que ofrecer. Te van a contratar. ¡No lo pongo en duda!

SERGIO: ¡Ojalá! Voy a llamar al señor Santos ahora mismo. Me va a dar muy buenas recomendaciones.

Ejercicio de comprensión

The speaker will now ask you some questions based on the dialogue. Answer each question, always omitting the subject. The speaker will verify your response. Repeat the correct answer.

Now listen to dialogue 4.

DANIEL: Hola, Marisol. ¿Por qué estás enojada?

MARISOL: Porque fui de compras y me dieron gato por liebre. Esta pulsera no es de oro... ¡y me costó veinte dólares!

DANIEL: Marisol... una pulsera de oro costaría más de veinte dólares...

MARISOL: No, Daniel. ¡No te voy a hacer caso! Voy a volver a la tienda y voy a poner el grito en el cielo hasta que me devuelvan el dinero.

DANIEL: Marisol... ¿por qué no te quedas con la pulsera? Al fin y al cabo... ¡es bonita!

MARISOL: Bueno... quizás tengas razón... Además... yo quiero solicitar trabajo en esa tienda. Marcelo trabaja allí y dice que pagan muy bien. Trescientos dólares semanales...

Ejercicio de comprensión

The speaker will now ask you some questions based on the dialogue. Answer each question, always omitting the subject. The speaker will verify your response. Repeat the correct answer.

III. ¿Lógico o ilógico?

You will hear some statements. Circle **L** if the statement is logical or **I** if it is illogical. The speaker will verify your response.

1. L I   4. L I   7. L I   10. L I
2. L I   5. L I   8. L I   11. L I
3. L I   6. L I   9. L I   12. L I

IV. Pronunciación

When you hear the number, read the corresponding sentence aloud. The speaker will then read the sentence correctly. Repeat it again.

1. Necesita experiencia en mercadeo y en logos para páginas de Internet.

2. Ofrecemos salario, gastos de auto, comisión y beneficios marginales.

3. Es una importante empresa con maquinaria moderna y especializada.

4. Se necesita a alguien que tenga un auto en buenas condiciones.

5. Tiene una maestría en mercadeo y en relaciones públicas.

6. Renuncié porque pedí un aumento y no me lo dieron.

7. He usado varios programas, incluidos los que usted menciona.

8. Me interesa el puesto de director de producción.

V. Para escuchar y escribir

Tome nota

You will hear a short employment announcement. First listen carefully for general comprehension. Then, as you listen for a second time, fill in the information requested.

Avisos clasificados

Nombre de la compañía: _____

Solicita: _____

La compañía necesita empleados _____ y _____

Experiencia mínima: _____

Sueldo: _____ al año

Comisión: _____

Enviar: _____ y _____

Apartado Postal: _____

Ciudad: _____

Fecha de la entrevista: _____

¡Continuemos! • **Lección 10**   153

Dictado

The speaker will read each sentence twice. After the first reading, write what you heard. After the second reading, check your work and fill in what you missed.

1. _____

_____

2. _____

_____

3. _____

_____

4. _____

_____

5. _____

_____

6. _____

_____

7. _____

_____

8. _____

_____

ANSWER KEY

Workbook Exercises

Lección 1

I. estoy / van / conviene / prefieren / tengo / quiero / sé / oigo / recuerdo / vive / reconozco / es / entretiene / niega / es / corrige / interviene / resuelve / lleva / supongo / piensa / advierto / aparece / pregunta / cuesta / dice / confieso / encuentro / miento / siento / es / sirve / sabes / eres

II. A. estoy leyendo / estoy escribiendo / está sirviendo / está diciendo / estamos cuidando / está durmiendo / está hablando / está pidiendo / están yendo / están trayendo / estás haciendo

   B. 1. sigo leyendo 2. sigue diciendo 3. seguimos cuidando 4. sigue durmiendo 5. sigue pidiendo 6. siguen yendo / siguen trayendo

III. 1. a mi tío / a mi primo(a) 2. al perro 3. a mi hermano 4. a mis abuelos 5. secretario(a) 6. a alguien

IV. 1. Tía Mary los lleva. 2. Tía Mary la cuida. 3. Tía Mary las traduce. 4. Tía Mary lo lleva. 5. Tía Mary te trae. 6. Tía Mary me llama. 7. Tía Mary nos lleva. 8. Tía Mary la pide. 9. Tía Mary la está preparando (está preparándola). 10. Sí, lo es.

V. 1. Nosotros les pedimos cien dólares y ellos nos dan veinte dólares. 2. Yo le escribo en español y ella me contesta en portugués. 3. Tú me envías dinero y yo te mando libros. 4. Él les cuenta sus problemas y Uds. le dan consejos. 5. Ella les regala juguetes y los chicos le dan besos. 6. Pietro me habla de Italia y yo le digo que conozco Roma. 7. Yo le pregunto a Carlos si quiere ir a cenar y él me contesta que no tiene hambre. 8. Ellos piensan enviarte (te piensan enviar) un mensaje electrónico y tú piensas mandarles (les piensas mandar) un fax. 9. Marta les va a mentir (va a mentirles) y Uds. le van a creer (van a creerle). 10. Yo le confieso que soy un poco egoísta y Ud. me dice que ya lo sabe. 11. Tú le pides un documento y ella te muestra su pasaporte. 12. El camarero le sirve café y ella le paga y le da una buena propina.

VI. me llamo / me despierto / me baño / me visto / se llama / nos llevamos / se casa / me parezco / Se burla / me atrevo / nos acordamos / nos reímos / me acuesto / me duermo / se van / me siento / te despiertas / te acuestas

VII. 1. a sus hijos / los vemos / a menudo / Se mantienen en contacto / va a haber / estar 2. te sientes / extraño (echo de menos) a / le escribes / la llamas / Le mando / Un día de éstos / verla

VIII. 1. conozco / sé 2. preguntar 3. pide 4. llevar 5. tomar 6. tomo

IX. *Horizontal:* 1. contento 2. enfadado 3. abrazar 6. tacaño 7. vanidoso 9. nostálgico 10. tranquilo 11. amar 12. quizás 15. materialista 16. besar 19. triste 21. extrañamos 23. humor 24. llevamos 25. perezoso 26. mandona 27. deprimido 29. entusiasmado 30. medio 31. costumbre

   Vertical: 1. contacto 4. realista 5. cae 7. varios 8. divorciarse 13. aburrido 14. trabajador 17. frecuentemente 18. comprensivo 22. prometida 28. parientes

X. A. 1. Quiere ir a un restaurante elegante. 2. Dice que no tiene dinero. 3. No, no es verdad. 4. Creo que piensa que es un tacaño. 5. Creo que está enojada con él.

   B. 6. Es su esposa. 7. Celebran su aniversario. 8. Hugo y Sara son sus hijos. 9. Va a haber una fiesta. Empieza a las nueve. 10. Los amigos de los señores Soto son los invitados. 11. Yo creo que van a seguir siendo felices. 12. Siente amor por ella.

   C. 13. Está diciendo gu-gú. 14. Sí, yo creo que ella lo mima. 15. Se llama Pepito. 16. Pepito es su príncipe. 17. Sí, yo creo que se siente contenta. 18. Se va a ir. 19. Sí, ella va a estar con él un rato. 20. Creo que lo cuida y juega con él.

   D. 21. Quiere casarse con Eva. 22. Le dice que sí. 23. La boda es el dos de mayo. 24. No, no le cae bien. 25. Dice que es pobre y que es haragán. 26. No, ella no está de acuerdo con él. 27. Yo creo que es optimista. 28. Creo que Luis se va a llevar mejor con la mamá de Eva.

XI. 1. 506.000 2. cuarenta 3. Madrid 4. Barcelona / Mar Mediterráneo 5. español / catalán 6. Córdoba, Sevilla y Granada 7. oeste 8. Bilbao / Cantábrico 9. once

Lección 2

I. están / estoy / Está / está / es / Es / Está / es / Es / está / es / es / está / está / Está / estar / es / es / estoy / está / Es / es / ser / está

II. 1. vamos a hablar con el nuestro 2. voy a decidir cuál va a ser la mía 3. va a enseñar en la suya 4. vas a usar la tuya 5. van a recibir las suyas 6. voy a leer el mío 7. va a traer los suyos 8. va a preguntar cuál es el suyo

III. 1. Se lo devolvemos mañana. 2. Sí, tengo que mandársela (se la tengo que mandar). 3. La secretaria nos lo dice. 4. No, no podemos prestártelo (no te lo podemos prestar). 5. Me los va a dejar (va a dejármelos) en el aula. 6. Sí, van a traérnoslos (nos los van a traer). 7. Se los escribimos en español.   8. Se las hago los viernes.   9. El profesor de italiano me las da.   10. Podemos preguntárselo (se lo podemos preguntar) a la jefa del departamento.

IV. la / la / el / - / el / - / el / - / las / - /el / las / la / - / - / la

V. 1. ¿Qué leyeron Uds.?   2. ¿Dónde almorzaste tú?   3. ¿Qué pidió Carlos?   4. ¿Con quién salió Teresa?   5. ¿Adónde tuvieron que ir tus hermanos?   6. ¿Cuándo diste tú una fiesta? 7. ¿Con quién fueron Uds. a la conferencia? 8. ¿Cuándo estuvo Marisa en la biblioteca? 9. ¿Cuánto pusiste tú en el banco?   10. ¿Cuándo vinieron las chicas a la residencia universitaria? 11. ¿Qué trajeron Uds. a la oficina?   12. ¿Qué sirvió Luisa en su fiesta?   13. ¿Dónde consiguió Jorge las entradas?   14. ¿Qué hizo Marisol para la cena el martes pasado?   15. ¿Qué le dijeron Uds. a Luz?

VI. Eran / llovía / estaba / tenía / estaba jugábamos / éramos / era iba / dolía / necesitaba (debía) / era / era / veía / quería / era

VII. 1. está de mal humor / es mejor   2. es / está en cama   3. el tuyo / Ya lo creo   4. traérselo / se lo prometo   5. novia / como (de) secretaria / cierto   6. era / Llegué tarde / Por lo visto

VIII. 1. hora   2. estoy de acuerdo   3. quedamos en 4. Cuántas veces   5. tiempo

IX. *Horizontal:*   1. social   3. listo   6. promedio 7. requisito   8. abogado   11. horario   12. aula 13. visto   16. administración   17. carrera 18. Filosofía   19. puntual   20. educación 22. universitaria   24. matrícula   25. malísimo 26. sistemas   27. veterinario   28. Económicas

Vertical: 2. Odontología   4. infórmatica 5. contador   7. reunión   9. beca   10. consejero 12. asistencia   14. secundaria   15. educación 16. asignatura   19. privada   21. arquitectura 23. educativo

X. A. 1. Le interesa la profesión de maestra. 2. No le interesa la profesión de contadora pública.   3. No, ella quiere enseñar en una escuela primaria.   4. Va a tener que asistir a la facultad de educación.   5. Tito va a tener que asistir a la facultad de odontología. 6. Sí, van a obtener títulos universitarios.
B. 7. Están en el aula 203.   8. Raúl tiene un promedio de B.   9. Está estudiando geografía.   10. Le interesa la profesión de trabajadora social.   11. Mary va a tener más clases de sociología.
C. 12. Piensa ingresar en la Universidad de California.   13. Piensa matricularse el dos de enero.   14. No, no va a asistir a una universidad privada.   15. La asistencia es

obligatoria.   16. Sergio piensa asistir a la facultad de arquitectura.
D. 17. Es farmacéutica.   18. Héctor pasa por Cora.   19. Sí, es puntual.   20. Van a estudiar juntos.   21. Creo que Cora está lista para salir.

XI. 1. petróleo, plata, oro y cobre   2. el turismo 3. las pirámides del Sol y de la Luna 4. Chichén Itza y Tulúm   5. Ciudad de México 6. 24 millones de personas   7. Diego Rivera, Clemente Orozco y Alfaro Siqueiros   8. Carlos Fuentes, Octavio Paz y Mariano Azuela

Lección 3

I. 1. A mi familia y a mí nos gusta mucho Chile. 2. A mí me encanta Viña del Mar.   3. A mis hermanas les gusta (encanta) la música chilena. 4. A mi mamá le faltan cien dólares para poder comprar el abrigo.   5. A mi papá le duele mucho la cabeza.   6. A mí me duelen las rodillas.   7. A mis padres les encantó (gustó mucho) el parque de Artesanos.   8. A mis hermanas y a mí nos gusta más ir a patinar. 9. Me faltan veinte dólares para poder comprar una botella de vino.   10. Sólo nos quedan tres días en Chile.

II.   Eran las siete cuando Julia se levantó. Se bañó, se vistió y salió de su casa a las ocho. Llovía y hacía frío. Llegó a la oficina a las ocho y media y le preguntó a la secretaria si había mensajes para ella. La secretaria le dijo que había cinco y que todos eran de la señora Aguilar. La señora Aguilar era una mujer muy lista y eficiente. Julia la llamó por teléfono y después se puso a trabajar.
    Eran las seis cuando terminó su trabajo y tomó el ómnibus para ir a su casa. Le dolía la espalda y se sentía cansada. Cuando iba a su casa, vio un accidente en la calle Siete. El hombre estuvo en esa esquina por unos diez minutos y luego siguió de viaje. Llegó a su casa y cenó.
    A las once de la noche, Julia se acostó, pero no durmió muy bien porque le dolió la cabeza toda la noche.

III. 1. ¿Tú conocías a Oscar?   2. ¿Tú conociste a Ana?   3. ¿Pudiste venir (ir) a clase el lunes? 4. ¿Tú querías ir a la fiesta?   5. ¿Cuándo supiste que Luis era casado?   6. ¿Tú sabías que Pedro trabajaba para esa compañía?   7. ¿Carlos no quiso ir a Lima?   8.¿Carmen podía asistir a todas las clases?

IV. que / que / que / quien / cuyas / quien / que / que / que / que

V. ¿Cuánto tiempo hace que estás en Santiago? / ¿Cuánto tiempo hace que llegaste a Chile? / ¿Cuánto tiempo hacía que estabas en Chile cuando decidiste mudarte a Santiago? / ¿Cuánto tiempo hace que tú y tu novio se conocen? /

¿Es chileno? / ¿Cuánto tiempo hace que llegó a Chile? / ¿Cuánto tiempo hacía que te conocía cuando te propuso matrimonio?

VI. 1. te sirvió de guía / me encantaron las playas / a pesar de que hacía frío / te quedaste / tuve que volver 2. te queda / A él le gusta mucho pescar / iba de pesca / era 3. Sacaste (conseguiste) las entradas / no pude / me dolió la cabeza / Qué hizo / hace dos días

VII. 1. se dio cuenta de 2. perdérmelo 3. faltó 4. echo de menos 5. perdió 6. realizan

VIII. *Horizontal:* 1. campaña 3. ganar 5. entrenador 6. estadio 7. comentar 8. quedarse 9. pescar 13. baloncesto 15. deportivo 16. pelea 17. acuático 18. pelota 20. gimnasta 21. nadadora 22. Olímpicos 23. natación

Vertical: 2. montaña 4. libre 5. enclenque 10. caballo 11. sentado 12. carrera 14. lucha 17. atleta 19. hipódromo

IX. **A.** 1. Se lo perdió. 2. No pudo ir porque no tenía entradas. 3. Le interesa la página deportiva. 4. Está mirando un partido de básquetbol. 5. Quiere ir a esquiar. 6. Decide ir sola.
B. 7. Le gustaba jugar al fútbol. 8. No, no le gustaba patinar. 9. Le interesaba la natación. 10. Sí, era buen nadador. 11. No puede hacer las cosas que hacía de niño porque trabaja y estudia.
C. 12. Sí, le gustaban las actividades al aire libre. 13. Sí, iba a pescar a veces. Necesitaba una caña de pescar. 14. No, dormía en una tienda de campaña. 15. Sabía escalar montañas. 16. No tiene tiempo porque tiene cuatro hijos.
D. 17. Maribel Peña obtuvo una gran victoria. 18. No, no es la primera vez que gana. 19. Los tigres ganaron. 20. Los tigres marcaron tres goles. 21. Los equipos de San José y de Córdoba. 22. Sí, fue un partido reñido. 23. El equipo de San José venció.

X. 1. los Andes y el océano Pácifico 2. más de 4.300 / 200 3. minerales / frutas 4. Santiago 5. más de 5 millones 6. Portillo y Farellones 7. Festival Internacional de la Canción 8. Perú 9. Lima 10. Cuzco 11. Machu Picchu 12. Ecuador 13. Quito 14. Ecuador 15. Galápagos

Lección 4

I. 1. mayor que / menor que / el menor de / la mayor de 2. mucho más alto que 3. más de / tantos … como 4. tan bien como / mejor que

II. 1. para Buenos Aires 2. por el pasaje 3. por argentina 4. por un mes 5. por lo menos 6. para un viaje 7. para ellos 8. por suerte 9. por la lluvia 10. para tanto 11. por hacer 12. por Hemingway 13. por eso / Por fin 14. por teléfono 15. por nosotros 16. para siempre

III. 1. limpie 2. vaya 3. pongas 4. traigamos 5. haga 6. saque 7. abran 8. consigan 9. esté 10. sirvas 11. volvamos 12. llegue 13. empiecen 14. conduzca 15. practiquen 16. tenga 17. sea 18. obedezcamos

IV. **A.** 1. escribamos informes 2. seamos puntuales 3. estemos preparados 4. tomemos buenos apuntes 5. vengamos a todas las clases 6. busquemos información en la Red.
B. 1. traigan el horario de clases 2. pidan una cita 3. se matriculen temprano 4. los llamen por teléfono 5. sigan un plan de estudios 6. vayan al centro de aprendizaje
C. 1. se reúna con ellos fuera de la clase 2. les dé explicaciones lógicas 3. conteste preguntas en la clase 4. explique los puntos difíciles 5. corrija los exámenes en seguida 6. sepa los nombres de los estudiantes
D. 1. pases mucho tiempo en la biblioteca 2. tengas el número de teléfono de varios compañeros 3. no faltes a clase 4. te comuniques con los profesores 5. hagas la tarea todos los días 6. mantengas un buen promedio

V. estés trabajando / ganes un buen sueldo / puedas terminar tus estudios / esté enfermo / se casen / sean felices / no se gradúe este año / tenga suficiente dinero / vaya a Buenos Aires / prefiera vivir en Villarrica

VI. 1. Espero que Uds. puedan llevarlo / vaya con mis padres 2. tantas flores como / carísimas 3. no puedan venir / en pleno verano 4. No veo la hora de ver / Temo que no puedan ir 5. por completo / es necesario que me lo mandes (envíes)

VII. 1. la obra 2. en 3. pensamos 4. personas 5. El pueblo paraguayo 6. mucho trabajo 7. la gente 8. de

VIII. *Horizontal:* 2. pleno 4. Zodíaco 5. herradura 6. flor 7. cementerio 9. pesebre 11. brindar 13. artificiales 15. parte 17. Pascua 18. víspera 19. brujas 20. conejo 21. demonio 23. brujería 24. trabajo 25. lástima

Vertical: 1. magia 3. Nochebuena 5. hora 6. fines 7. cercano 8. gente 10. misa 12. Reyes 14. Independencia 16. Enamorados 22. trébol

IX. **A.** 1. Están celebrando el Año Nuevo. 2. Hay una excepción: Beto no está disfrutando de la fiesta. 3. Están brindando. 4. No, están en pleno verano. 5. Elba y David están bailando y Ada y Marcos están charlando. 6. No, no está

muy interesada en lo que dice Marcos.
7. Quiere que baile con ella.

B. 8. No ve la hora de ver a su mamá.   9. Va a celebrar el día de su santo.   10. Mario quiere ir a Lima.   11. Sí, yo creo que él piensa que es una lástima que no pueda ir.   12. Espera poder ir el año próximo.

C. 13. Espera tomar parte en la procesión.   14. Se llama la Misa del Gallo.   15. Van a ver flores y velas.   16. Creo que son católicos.   17. Van a ver los pesebres en la Nochebuena.

D. 18. Sí, creo que es supersticioso.   19. Cree que una herradura, un trébol de cuatro hojas y una pata de conejo le van a traer buena suerte.   20. El signo de Ernesto es Aries.   21. Creo que él prefiere que le regalen un amuleto.

X. 1. Asunción   2. Itaipú   3. 5 millas   4. Iguazú   5. La misión   6. XVII   7. española y guaraní   8. ñandutí

Lección 5

I. deme / dígame / no se ponga a dieta / Tenga / disminuya / beba / Haga / Vayan / háganse / Sea / no la obligue / Invítela / Consiga / No se queje / Aprenda / Vuelva / Pida / recuerde / Deje / póngase

II. 1. no nos hagamos socios del club Alfa. Hagámonos socios del club Beta.   2. no nos pongamos a dieta esta semana. Pongámonos a dieta la semana próxima.   3. no preparemos una ensalada de lechuga. Preparemos una ensalada de repollo.   4. no vayamos al mercado esta noche. Vamos ahora mismo.   5. no sirvamos chuletas. Sirvamos sopa de cebolla.   6. no nos levantemos a las seis. Levantémonos a las cinco.

III. A. 1. No creo que Mario le haga caso al médico.   2. No creo que Mario esté perdiendo peso.   3. No creo que Mario se mantenga en forma.   4. No creo que Mario vaya al gimnasio todos los días.   5. No creo que Mario coma mucho apio.   6. No creo que Mario camine todos los días.   7. No creo que Mario se levante a las cinco. 8. No creo que Mario sepa todas las reglas. 9. No creo que Mario sea muy disciplinado. 10. No creo que Mario le diga la verdad al médico.

B. 1. No es verdad que yo tenga el colesterol muy alto.   2. No es verdad que yo quiera ser un superhombre.   3. No es verdad que yo me crea muy joven.   4. No es verdad que yo no pueda adelgazar.   5. No es verdad que yo me acueste muy tarde. 6. No es verdad que yo siempre le dé lata. 7. No es verdad que yo mida cinco pies seis pulgadas.   8. No es verdad que yo no la deje en paz.   9. No es verdad que yo siga comiendo pasteles.   10. No es verdad que yo beba mucha cerveza.

IV. 1. quiere / quiera   2. sepa / saben   3. están / esté   4. dicen / diga   5. dan / dé   6. son / sean   7. ayudan / ayuden   8. puedan / pueden

V. haga / pueda / llega / venga / aprenda / dé / estés / tengas / convenza / obliguemos / vuelve / terminamos / sepamos

VI. 1. mantenerte joven / vayas conmigo al gimnasio   2. cambies de actitud / ahora mismo   3. hasta que aprendas a evitar / me dejen en paz   4. Tráigamelo / lo que pasa es que / Dígale a su hija   5. Digámoselo a Mariana / no se lo digamos / ella sea tan popular   6. Mide seis pies, dos pulgadas / sea

VII. 1. bajo   2. me pongo   3. se hizo   4. corta   5. se convirtió

VIII. *Horizontal:* 1. pesas   3. muriendo   4. calcio   6. mismo   9. hongo   10. dieta   11. pastel   14. adelgazar   15. lechuga   17. salud   19. descansar   22. socia   23. carbohidratos   24. ají   25. cambiar

Vertical: 2. ejercicio   5. disminuir   7. chuleta   8. vitamina   11. pulgadas   12. joven   13. balanceada   16. espinaca   18. lata   20. engordar   21. estrés   23. cualquier

IX. A. 1. Creo que quiere que el Sr. Lobo adelgace.   2. Le dice que corra.   3. No debe fumar y debe evitar el consumo excesivo de grasas (debe evitar los helados).   4. Piensa hacerse socio de un club.   5. Creo que va a ser más sano.

B. 6. Tiene que comer pollo.   7. El pan y la manzana le van a dar carbohidratos.   8. Va a obtener calcio con tal de que beba leche.   9. Espera obtener vitamina C.   10. Le sugiere que levante pesas.

C. 11. No, no creo que mida seis pies, tres pulgadas.   12. Está muy nervioso.   13. Amanda le da lata.   14. Le sugiero que disminuya el consumo de café porque está muy nervioso.

D. 15. No, no va a preparar sopa.   16. Va a preparar una ensalada.   17. Sobró una torta.   18. No, si está a dieta, no creo que la coma.

X. 1. Américo Vespucio   2. pequeña Venecia   3. el salto Ángel   4. Más de trescientas   5. Margarita   6. petróleo   7. Caracas   8. Simón Bolívar   9. Bogotá   10. Cartagena y Medellín   11. Esmeralda   12. Gabriel García Márquez

Lección 6

I. 1. Matricúlate en la clase de historia.   2. Ve a la biblioteca.   3. Hazla en la biblioteca.   4. No, mándaselo la semana próxima.   5. Sigue

derecho. 6. Sí, pídeselo 7. Ponlos en la
guantera. 8. No, no se lo des. 9. Dile que sí.
10. No, no te la pongas. 11. Sal más tarde.
12. No, no se lo permitas.

II. 1. Ya están abiertas. 2. Ya está puesta. 3. Ya
están sueltos. 4. Ya está despierto. 5. Ya están
envueltos. 6. Ya están escritas. 7. Ya está
cerrada. 8. Ya están encendidas. 9. Ya está
vestida. 10. Ya están preparados.

III. **A.** 1. he hablado con mis consejeros 2. me he
matriculado en clases difíciles 3. he ido de
vacaciones con mis amigos 4. he comido
en restaurantes muy caros
B. 1. te has levantado de madrugada 2. has
leído revistas en francés 3. has roto platos
muy valiosos 4. has vuelto a tu casa muy
tarde
C. 1. ha estado muy ocupado 2. ha sido muy
impaciente con sus empleados 3. ha
aprendido mucho 4. no le ha escrito a
nadie
D. 1. hemos sacado seguro de automóvil
2. hemos comprado coches de cambios
mecánicos 3. hemos elegido coches
americanos 4. hemos resuelto nuestros
problemas
E. 1. han visto las cataratas del Niágara 2. han
viajado a México 3. han tenido pasaporte
4. han vivido en un país extranjero

IV. 1. Yo había limpiado el cuarto de Debbie y le
había traído el horario de clases. 2. Tú habías
averiguado los precios de las clases y habías
puesto flores en el cuarto de Debbie. 3. Mi
mamá le había escrito a la mamá de Debbie y
había ido a la tienda a comprar sábanas.
4. Mi papá y yo habíamos plantado unas flores
en el jardín y habíamos lavado el coche.
5. Mis hermanos habían conseguido periódicos
en inglés y habían pintado el baño.

V. mejor / grande / interesante / pobre / elegante /
hermosa / ingleses / misma / inglesas / gran /
misma / otros / única / única / desconocidas /
mi / hermosos / viejo / culto / viejos

VI. 1. Fíjate en / llama / diles / has encontrado
2. Sé / Hazme / haga / Mándame 3. a eso de /
ya habían cenado / ya se había acostado 4. un
chico muy tonto / pinchazo 5. ya lo había
llevado / taller de mecánica 6. un buen vino
español / mejor cena

VII. 1. último 2. a eso de 3. acerca de 4. pasado
5. unos 6. de

VIII. *Horizontal:* 3. principiantes 5. acerca
7. cambios 10. automóviles 11. chapa
14. frenos 16. tonto 17. unos
18. automovilístico 21. remolcar 22. eso
23. pasado

Vertical: 1. conocimiento 2. asegurado
4. camioneta 6. costarricense 8. fijarse

9. semáforo 12. acumulador 13. remolcador
15. neumático 19. taller 20. último

IX. **A.** 1. Está en una agencia de alquiler de coches.
2. Sí, porque se alquilan coches americanos
y extranjeros. 3. Quiere saber cuánto
cuesta alquilar un coche. 4. No, no está
asegurado. 5. No prefiere los coches de
cambios mecánicos. 6. Un coche de dos
puertas cuesta treinta dólares al día.
7. Va a tener que sacar seguro.
B. 8. Conduce un descapotable. 9. Tiene un
pinchazo. 10. Necesita cambiar la rueda.
11. No, no creo que pueda hacerlo porque
no tiene un gato. 12. Creo que no arranca.
13. Ha enviado una grúa (un remolcador).
C. 14. Conduce una camioneta (una furgoneta).
15. Tiene que llevarla al taller de mecánica.
16. Ha tenido que parar porque el semáforo
está en rojo. 17. Es el número de la chapa
(la placa). 18. Sí, creo que le es fácil
recordarlo.
D. 19. Ha tenido que pagar la matrícula.
20. No, está tomando cinco clases. 21. Es
una clase para principiantes. 22. Sí, se ha
matriculado en una clase de química.
23. Va a leer una novela de Cervantes en
su clase de literatura española.

X. 1. ticos 2. educación 3. veinticuatro
4. el volcán de Irazú 5. la agricultura
6. bananas 7. café / flores 8. San José

Lección 7

I. diré / estaré / avisaré / irán / pasará /
hablaremos / habrá / vendrán / pondrás /
servirás / comeremos / Haremos / saldremos /
tendré / dará / estudiaremos / podremos /
escribirás

II. viviría / Tendría / viajaría / iríamos /
estudiarían / vendríamos / pondría / podría /
sería / harías / sabría / daría / compraría

III. 1. Para las diez yo ya me habré acostado.
2. A las cuatro mi papá no habrá vuelto todavía.
3. Para las ocho los chicos ya habrán salido de
casa. 4. Para la una nosotros ya habremos
comido. 5. Para el sábado Eva ya lo habrá
terminado.

IV. 1. Yo me habría quedado en casa. 2. Tú habrías
hecho mondongo con papas. 3. Nosotros
habríamos comido flan con crema. 4. Marta
habría preparado una pupusa. 5. Los chicos
habrían traído tortilla de papas. 6. Yo habría
vuelto a las diez.

V. 1. m 2. h 3. p 4. k 5. a 6. t 7. d 8. c
9. r 10. f 11. n 12. b 13. i 14. e 15. s
16. j 17. g 18. o 19. q 20. l

VI. 1. fueron a parar / De haberlo sabido / los
habría llevado 2. estará Beto / estará

3. haría / tengo ganas de comer   4. será / Serán
5. nos habremos acostado / tendremos que estar
6. se puso triste / me habría quedado

VII. 1. picante   2. cálido   3. un poco de   4. poco
5. caliente   6. pequeño

VIII. *Horizontal:*   3. hornear   4. fuente   5. copa
11. ganas   12. animadamente   15. tinto
16. avisar   18. crudo   22. sabroso   23. caliente
24. cálido   25. vapor   26. provecho

Vertical: 1. término   2. triste   4. fonda
5. chiste   6. bocado   7. satisfecho   8. brindis
9. plátano   10. abeja   13. picante   14. tragar
17. poco   19. bacalao   20. basta   21. recuerdos

IX. **A.** 1. Le gustaría ir a Madrid.   2. Viajaría por
(en) avión.   3. Se quedaría allí por dos
meses.   4. Tiene ganas de comer pupusa.
5. Le gustaría tomar una siesta.   6. Le
gustaría charlar con Luz.

B. 7. No, no se están divirtiendo.   8. Le
gustaría bailar con Daniel.   9. Habría traído
a Gabriela.   10. Echa de menos a sus padres.
11. Le gustaría estar en la casa de sus padres.

C. 12. Tendrá que salir a las siete y media.
13. Irá en coche.   14. Maneja un coche
pequeño.   15. Trabajará hasta las cinco.
16. Se encontrarán en el restaurante Italia.

D. 17. Servirá salmón.   18. Lo va a cocinar al
horno.   19. Beberán gaseosa.   20. Yo creo
que son las cinco de la tarde.   21. Leerá su
novela.

X. 1. Centroamérica / Sudamérica   2. 1999
3. Panamá / Colón   4. lagos   5. Titicaca
6. Managua   7. El Salvador   8. San Salvador
9. Honduras   10. Tegucigalpa   11. Copán
12. Guatemala   13. El país de la eterna
primavera

Lección 8

I. yo escribiera un informe y dirigiera una mesa
redonda   2. Carlos se postulara para alcalde y
diera un discurso   3. Nosotros fuéramos a la
oficina del gobernador y habláramos con él
4. tú ayudaras con la campaña electoral y
vinieras a su oficina   5. Luis y Jorge trajeran
los volantes y los pusieran en su escritorio
6. Marisa consiguiera el artículo sobre las armas
de asalto y lo leyera

II. 1. dejáramos   2. dependieran   3. usaran
4. produjera   5. llevaras   6. tuvieran

III. 1. hayas identificado   2. haya vivido
3. hayamos sido   4. haya escrito   5. haya
hecho   6. hayan dicho   7. hayamos estado
8. hayan resuelto

IV. 1. hubiera ganado   2. hubieran secuestrado
3. hubiera podido   4. hubiéramos fracasado
5. hubiera sido   6. hubiera empeorado
7. hubieras sabido   8. hubiera estado

V. 1. aprobó / quedó suspendido en el examen
2. cooperaras / la pobreza   3. no hayan ido /
en vez de ir   4. se hubiera postulado para
gobernador   5. las hubiera comprado   6. como
si supiera   7. entradas gratis   8. de ascendencia
española e italiana

VI. 1. quedar suspendido   2. gratis   3. dejar de
4. fracasaron   5. libres

VII. *Horizontal:*   2. nacer   4. agravarse
6. desperdicio   8. hogar   9. fábrica
12. alcaldesa   13. hispana   14. pobreza
15. asesinato   17. muerte   20. solucionar
21. ambiental   23. complejo   24. armas
25. cárcel

Vertical: 1. fracasar   3. grave   5. robo
7. contaminación   8. huelga   10. ambiente
11. lugar   16. identificar   18. electoral
19. ascendencia   22. poco

VIII. **A.** 1. Han organizado una mesa redonda.
2. Están discutiendo los problemas
ambientales.   3. Manuel cree que los
problemas podrían resolverse gradualmente.
4. Según Pedro, los autos causan la
contaminación del aire.   5. No, Miriam no
expresa optimismo.   6. Según Rosalía, las
fábricas tendrán que usar combustibles
limpios.

B. 7. Nati está usando un pulverizador.
8. Esta acción va a empeorar el problema de
la contaminación.   9. Elsa está poniendo
productos químicos en la basura.   10. Sería
mejor que llevara los productos químicos al
vertedero público.

C. 11. Lolo pertenece al grupo de los sin
hogar.   12. Toto es un ladrón.   13. Rigo es
un asesino.   14. Nolo secuestró a una
mujer.   15. Lolo no merece ir a la cárcel.
16. Rigo podría recibir la pena capital.

D. 17. Hilda López es alcaldesa.   18. Tenemos
una campaña electoral.   19. Las elecciones
son el tres de noviembre.   20. Raúl Vera se
postula para gobernador.

IX. 1. mexicano / puertorriqueño / cubano
2. méxicoamericanos   3. política / educación /
artes / literatura   4. estadounidense
5. fuerzas armadas americanas   6. comunista
7. Miami

Lección 9

I. **A.** estar / sepas / vayas / estrenan / lleguemos /
son / puedas / tenga / tiene / seguir / haga /
esté / vuelvan / regresar

B. 1. no podamos contratar a Rocío Santacruz
2. quisiera más dinero   3. quisiera quedarse
en Hollywood   4. firme un contrato con
esta compañía   5. hubiéramos empezado a
filmar el año pasado.   6. haya llamado a los
otros actores

II. A / a / A / a / de / A / a / a / a / a / de / En / de / de / a / en / de / a

III. 1. Luis está pensando en Marisa. 2. Va a tratar de invitarla a salir. 3. No, Luis no se fija en otras chicas. 4. Sí, yo creo que Luis está enamorado de Marisa. 5. Piensa salir de su casa a las siete. 6. No se acuerda del número de Ana. 7. Se alegra de que Carlos no esté comprometido. 8. Piensa encontrarse con sus amigos. 9. Se había olvidado de que tenía una cita con Beatriz. 10. Se da cuenta de que el sábado estrenan la película de Antonio Banderas. 11. Paola sueña con ver París. 12. Se comprometió con Rogelio. 13. Se va a casar con Rogelio. 14. Insiste en casarse el diecisiete de julio. 15. Braulio puede confiar en Jaime. 16. Puede contar con la ayuda de Jaime. 17. Lucía vio a su papá cuando entró en su apartamento. 18. Convinieron en ir juntos al teatro.

IV. 1. antes de salir 2. Acaba de llegar 3. oyó cantar 4. cantar 5. quiere ir (piensa ir) 6. sin abrir 7. No fumar 8. se pone a leer 9. Vuelve a llamarla

V. 1. lance 2. actúe en esa telenovela / acaba de recibir 3. que me llevara / tratara de ir 4. no me di cuenta de 5. Me alegro de / se haya casado con / se había comprometido con

VI. 1. mediana 2. bajo 3. abajo 4. medio 5. a mediados 6. debajo

VII. *Horizontal:* 1. estrenar 4. surgir 5. locutor 6. actuar 8. noticias 9. encantadora 10. pista 13. televidente 15. espectáculo 16. mentira 18. reina 19. escuchar 21. mediados 22. editorial 23. telediario 24. abajo

Vertical: 2. agregar 3. protagonista 5. lenta 7. telenovela 10. premio 11. actriz 12. siglo 14. estrella 17. productor 20. reportaje

VIII. **A.** 1. Es una estrella de televisión. 2. Acaba de ganar un premio. 3. Sí, creo que va a volver a actuar en televisión. 4. Le dan el premio a mediados de mes.
B. 5. Pablo Casas está haciendo el reportaje. 6. La actriz que está otorgando la entrevista se llama Mónica Luna. 7. Le gustaría que estrenaran la película en diciembre. 8. El director bajo cuya dirección trabajó la actriz se llama Luis Viñas. 9. No, no nombran la película.
C. 10. A Ana le gustaría aprender a patinar. 11. Roberto estaba enamorado de Eva. 12. Ahora quiere a Ana. 13. No, no lo dijo en serio; lo dijo en broma.
D. 14. Mirta está escuchando música. 15. Le gustaría aprender los pasos del tango. 16. Está mirando el telediario. 17. El gato está debajo de la mesa. 18. Está sentada en una reclinadora.

IX. 1. Punta del Este 2. Montevideo 3. Octavo 4. Llanura 5. Atlántico / Andes 6. Aconcagua 7. La Plata 8. Porteños 9. Sistema educativo / arquitectura / moda

Lección 10

I. 1. La compañía fue fundada en el año 1970. 2. Todos los empleados fueron contratados por el jefe de personal. 3. La nueva maquinaria fue comprada en septiembre. 4. Muchos productos son hechos en el extranjero. 5. Muchos puestos nuevos son creados todos los años. 6. Los salarios serán aumentados el año próximo. 7. Toda la información necesaria ha sido almacenada. 8. Más programas serían diseñados si tuvieran más programadores. 9. Varios puestos serán desempeñados por personas bilingües. 10. Doscientos ordenadores portátiles habían sido encargados.

II. 1. Se firman contratos. 2. Se hacen etiquetas para los productos. 3. Se preparan las ventas. 4. Se envían mensajes por correo electrónico. 5. Se trabaja tiempo extra. 6. Se termina el trabajo.

III. 1. A mí se me perdió la llave de la oficina. 2. Al señor Paz se le descompusieron dos máquinas. 3. A ti se te perdieron cinco letreros. 4. A nosotros se nos olvidaron los contratos. 5. A la señorita Soto se le rompieron todas las tazas. 6. A los empleados se les olvidó organizar la venta.

IV. 1. de mala gana 2. No tiene pelos en la lengua 3. da en el clavo 4. tiene mucha chispa 5. hace la vista gorda 6. "Aquí hay gato encerrado" 7. le pone peros 8. en voz alta 9. Pone el grito en el cielo 10. se hace la tonta 11. en el acto 12. ¿A cuánto estamos hoy?

V. 1. puso en peligro / No lo ponga en duda 2. al pie de la letra / te hago caso 3. se pone en ridículo / Después de todo 4. Se me hace agua la boca / por no tener 5. se hace la tonta / algo por el estilo 6. con las manos en la masa / Así que 7. darle ánimo / entre la espada y la pared 8. se abren / se cierran

VI. 1. letrero 2. una señal 3. el signo 4. consiguió 5. recibió

VII. *Horizontal:* 2. mensual 4. semanal 5. letrero 9. Postal 10. procesador 11. desempeñar 12. extranjera 14. celular 16. bilingüe 18. vendedor 22. coronilla 23. anterior 24. anual 25. contratar

Vertical: 1. sueldo 3. ejecutivo 6. empleada 7. tiempo 8. microcomputadora 12. empleo 13. jubilación 15. precisamos 17. solicitar 19. diario 20. postulante 21. electrónico

VIII. **A.** 1. Quiere que le dé un aumento. 2. Le dice que no. 3. Es de veinticuatro mil dólares.

4. Es de dos mil dólares.   5. Gana quinientos dólares por semana.

B. 6. Trabaja para la compañía Electrolínea.
7. Desempeña el puesto de secretaria.
8. Su trabajo anterior era de recepcionista.
9. No, no siempre ha vivido en los Estados Unidos.   10. Vivía y trabajaba en Chile.
11. Tiene un teléfono celular en la mano.

C. 12. Tiene que archivarlo.   13. No, no le gusta su trabajo.   14. Se siente cansada. (Está hasta la coronilla de su trabajo.)
15. Se le cayó la llave.

D. 16. Tiene un ordenador portátil (una microcomputadora).   17. Creo que se comunica con ellos por correo electrónico.
18. Lo recibe en el acto.   19. Estamos al diecisiete de julio.

IX. 1. larga / estrecha   2. Perla de las Antillas
3. azúcar / tabaco   4. danzón / rumba / mambo / salsa   5. estado libre asociado
6. inglés / español   7. San Juan   8. Castillo del Moro / colonial   9. Haití   10. agricultura
11. béisbol   12. Santo Domingo / primera

Laboratory Manual Dictations

Lección 1

1. María Hernández es española, pero ahora vive en Nueva York.   2. Tengo que decirle que a lo mejor vamos a Madrid en mayo.   3. Se va a poner contenta si recibe buenas noticias de su nieta favorita.   4. Sus hijos viven muy lejos y no los ven a menudo.   5. Entonces el círculo de amigos es muy importante en su vida.   6. Va a ir a visitar a sus padres y a sus hermanos.

Lección 2

1. Fue a hablar con su consejero sobre su programa de estudios.   2. ¿Qué asignaturas tengo que tomar este semestre?   3. Necesito una clase de química y una de física.   4. No quiero tomar demasiadas unidades porque tengo una beca.   5. Tampoco existen los requisitos generales.   6. ¿Cuántos años deben estudiar para obtener un título universitario?   7. Dice que la asistencia no es obligatoria allí.   8. Van a tomar el examen de mitad de curso y el examen final.

Lección 3

1. Rafael Vargas le sirve de guía muchas veces.   2. Es el mejor boxeador del país.   3. Fui con unos amigos y nos divertimos mucho.   4. Es que tú eres un enclenque.   5. Comentó que la próxima vez su equipo iba a ser el campeón.   6. El partido de baloncesto fue muy reñido.

Lección 4

1. A fines de marzo voy a Bolivia para asistir a una conferencia.   2. Tu horóscopo dice que debes viajar más.   3. Necesito saber el número de tu vuelo.   4. Queremos llevarte a un pueblo cercano a Asunción.   5. Vas a poder tomar parte en una procesión.   6. Es cuando los niños de por aquí reciben regalos.

Lección 5

1. Mario no cree que eso sea necesario.   2. Lucía duda que él cambie de actitud.   3. El otro día me dijiste que querías adelgazar.   4. Hay diez reglas infalibles para conservar la salud.   5. El único ejercicio que tú haces es cambiar los canales en la televisión.   6. Para ese peso tienes que medir un metro noventa.   7. Con tal de que me dejes en paz, hago cualquier cosa.

Lección 6

1. Hay cursos para principiantes y clases avanzadas.   2. Infórmate hoy mismo en nuestras oficinas por correo o por teléfono.   3. Había pasado mucho tiempo tratando de decidir qué debía hacer.   4. Está viviendo con los Alvarado, una familia costarricense.   5. Pregúntale al empleado cuánto cobran por kilómetro.   6. Nos dan un buen precio por un coche de cambios mecánicos.   7. Es mejor estar asegurados. ¡Especialmente si tú conduces!   8. A eso de las doce estamos allí.

Lección 7

1. Tenemos que aprovechar estos últimos meses para estar juntos.   2. Quién sabe adónde iremos a parar todos.   3. Yo comería un plato de eso ahora mismo.   4. ¡Son riquísimas! Especialmente cuando las hace mi tía Marta.   5. Pasábamos por lo menos una hora charlando o contando chistes.   6. Me parece ver a mi mamá trayendo fuentes de comida a la mesa.   7. Muchas veces llegaban a mediodía... ¡sin avisar, por supuesto!   8. Basta de recuerdos, o nos pondremos tristes. ¡Un brindis!

Lección 8

1. La miseria y los problemas de las personas sin hogar cada día paracen agravarse más.   2. Algunos problemas sociales son los robos, los asesinatos y las violaciones.   3. Muchas organizaciones están tratando de resolver estos problemas.   4. Yo creo que sus esfuerzos fracasarán a menos que todos cooperemos.   5. Otro problema urbano es el de la contaminación de las aguas y del aire.   6. La solución está en no producir tanta basura.   7. Hay que sustituir los productos que dejan residuos por productos biodegradables.   8. Los problemas del ambiente son más fáciles de resolver que los problemas sociales.

Lección 9

1. En una entrevista con Jorge Salgado, la actriz argentina habló de su papel en la telenovela.
2. Habló también del premio que ganó en el Festival de Cine el año pasado.   3. Su próxima película va a ser una comedia musical.   4. La encantadora actriz confesó que sueña con actuar algún día con actores latinos.   5. Los salseros tienen innumerables aficionados. La salsa ha invadido Europa y Asia.
6. Los Ángeles y Nueva York siguen siendo las grandes fábricas de la música y el baile latinos.
7. Se aprenden los pasos básicos de la salsa, el mambo, el merengue o la rumba cubana.   8. Sus representantes anunciaron que acaba de lanzar un nuevo disco grabado en español.

Lección 10

1. Álvaro Montero, un joven cubano, y Jorge Torres, dominicano, viven en Puerto Rico.   2. Leen los anuncios clasificados y éstos son los que les interesan.
3. Yo tengo experiencia y los conocimientos que piden.
4. Voy a mandar una carta de recomendación de mi jefe anterior.   5. Ofrecemos un seguro de salud y un plan de retiro para los empleados.   6. Consiguieron el puesto que querían y van a celebrarlo esta noche.
7. Álvaro está hasta la coronilla de su coche y decide comprar un auto nuevo.   8. Favor de enviar su resumé a la Oficina de Recursos Humanos.